汉诗三百首

2019卷

赖廷阶 曹谁◎编

U1007972

山西出版传媒集团 北岳文艺出版社
BEIYUE LITERATURE & ART PUBLISHING HOUSE
·太原·

图书在版编目（CIP）数据

汉诗三百首．2019 年卷 / 赖廷阶，曹谁编．－ 太原：北岳文艺出版社，2020.10

ISBN 978-7-5378-6302-5

Ⅰ．①汉… Ⅱ．①赖… ②曹… Ⅲ．①诗集－中国－当代 Ⅳ．①I227

中国版本图书馆 CIP 数据核字（2020）第 207178 号

汉诗三百首：2019 卷

赖廷阶　曹谁 / 编

//

选题策划
刘文飞

责任编辑
刘文飞

书籍设计
张永文

印装监制
郭勇

出版发行：山西出版传媒集团·北岳文艺出版社
地址：山西省太原市并州南路 57 号　邮编：030012
电话：0351-5628696（发行部）　0351-5628688（总编室）
传真：0351-5628680
经销商：新华书店
印刷装订：山西新华印业有限公司

开本：787mm×1092mm　1/16
字数：285 千字
印张：20.25
版次：2020 年 10 月第 1 版
印次：2020 年 10 月山西第 1 次印刷
书号：ISBN　978-7-5378-6302-5
定价：68.00 元

序　言

诗不能到语言为止，时代呼唤大诗！

在现代汉语诗歌发展百年之际，我发现汉语诗歌处于前所未有的危机中，这危机主要是由口水诗的泛滥造成的。梳理现代汉诗的发展，我发现汉诗口水化的源头在韩东提出的“诗到语言为止”的口号，这好像打开一个闸门，消解了语言最大的魅力隐喻，经过杨黎的废话诗、伊沙的后口语、沈浩波的下半身、皮旦的垃圾派的推波助澜，互联网铺天盖地的传播，写作难度降到口水的水准，这也直接导致了口水诗的泛滥成灾。我们希望大诗的隐喻能够成为治疗诗坛的良方。

时代在呼唤大诗！如今的天下文明已经不只是中华文明，而是广大的世界文明，当下的时代也非常短暂，人类有五千年的诗歌史，我们所认识的世界非常有限，更多的秘密都是神秘的，所以我们需要“合璧东西”“融合古今”“合一天人”，这是我考察古今中外诗学，在 2007 年写作《大诗主义宣言》时提出的。大诗最早由海子从史诗的观念提出，他在《诗学，一份提纲》中说：“我的诗歌理想是在中国成就一种伟大的集体的诗，……我只想融合中国的行动成就一种民族和人类结合，诗和理想结合的大诗。”后来我写作《大诗主义宣言》《大诗学》《大文学》三篇文论，系统阐述大诗学。最近我在《光明日报》读到谢冕先生的文章《时代需要“大诗”》，这正是我们今天所需要的。

之所以《诗经》《唐诗三百首》《宋词三百首》《元曲三百首》能够流传千古，是因为收入了经典诗歌，当下诗选虽然很多，可是良莠不齐，我希望自己编一册优秀的诗选，就产生编选《汉诗三百首》的想法。没有用“新诗”的概念，是为了体现“大诗”的观念，诗歌只应以语言为界限。我们倡导大诗的方向，同时兼顾优秀的口语诗。我把这个想法告诉诗人赖廷阶，我们一拍即合，于是开始编选《汉诗三百首》。诗集由三部分组成，“名家约稿”“自由投稿”“好诗编选”，兼顾了名家和民间、纸刊和网络；由赖廷阶和我向诗坛的名家约稿，他们的作品经历过岁月的积累，一定有存在的意义；由编辑部主任王恩荣和责编夜陌、深雪整理自由投稿；我们同时从各种媒介读到的好诗中编选，力求让入选诗歌经得起考验。在体例上也有创新，诗歌分成十二辑，每辑二十五人，分别以西方十二星座和中国十二岁星命名，东西方文化原本存在着许多对应关系，星座和岁星的对应关系是郭沫若先生考证出来的，所以这也是合璧东西的象征。诗歌以创作或发表日期来归入所属星座，而不是以诗人生日，也是为了让作品成为主体。

从我 1999 年开始写诗，曾经尝试过许多种写法，其间进行过许多次抉择，每次需要抉择的时候，我都会想起诗人食指。在 2017 年西安的中国首届八〇后诗人大会上，阿斐、丁成、郑小琼、许多余、马慧聪等发言后，我主动向闫安要求发言，在会上我讲了我所追求的大诗主义，中国八〇后诗人的特征是自由，也就是异彩纷呈的，从来没有像中国八〇后诗人这么多样化，未来一定能够诞生真正的大诗。在会场外食指握着我的手反复说：你们冲上去，就不要停，不要下来！他指的是“新世代”的八〇后先锋诗歌运动，当时他紧紧地握着我的手，时至今日我依然能够感觉到那双手的力量。在八〇后先锋诗歌运动中，其中我倡导的是大诗主义，因此我始终“相信未来”！

曹谁

2020 年 4 月 1 日于北京

目　录

第Ⅴ辑　狮子星·敦戕星（7—8月）　♌　105—130

第Ⅵ辑　处女星·大荒落（8—9月）　♍　131—156

第Ⅶ辑 天秤星·执徐星（9—10月） ♎ 157—182

第Ⅷ辑 天蝎星·单阏星（10—11月） ♏ 183—208

第 IX 辑　射手星・摄提格（11 — 12 月）♐　209 — 234

第 X 辑　摩羯星・赤奋若（12 — 1 月）♑　235 — 260

第 XI 辑 水瓶星·困敦星（1—2月） ♒ 261—286

第 XII 辑 双鱼星·大渊献（2—3月） ♓ 287—312

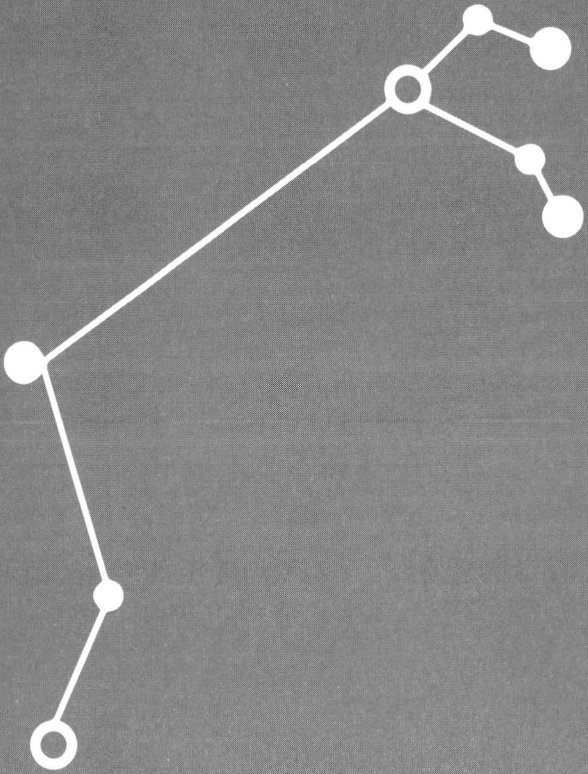

第 I 辑

白羊星·阉茂星

3—4

月

幸福之歌

趁无人商店还没有扫荡这条大街
我幸福地向一个个小贩
抛送我真心的问候
恭喜发财，生意兴旺，此刻我发现
这些废话其实很人性很美

趁机器人配餐员还没有辞退厨师
我幸福地向服务员送上微笑
一盘土豆丝，一份东坡肉
为什么我的眼里含着泪水
因为明天我将被机器饲养

趁无人驾驶的车还没占领城市
我幸福地挤上今天的末班车
前胸贴后背，人心挨人心
在计算机和它部下统治世界之前
挤在一起肯定感到幸福

在所有时间被超级计算机变成利润
在所有心房都像计算机精于计算
在所有脸都变得像外星人之前
我幸福地用我的笑脸
迎接每一张迎面而来的脸！

我在晚霞消失之前的这二十分钟
幸福地写下一个幸福的人写的诗……

叶延滨

作家、诗人，现任中国作家协会诗歌委员会主任，中国作家协会全委会名誉委员。出版个人文学专著五十二部，作品先后收入了国内外五百余种选集以及大、中学课本。部分作品被译为英、法、俄、意、德、日、韩等语言。

对话

忘记那幢大厦
忘记它迅疾的网。人们游荡着
黑发掩盖了欲裂的头颅

把脸转向沉默的机床
忧伤消失得那么快。在这里
我的生命是磨损钢铁的野兽
是无辜又无痕的肉体
多少勤勉的白昼，我错怪了自己
错怪了自己的孤独
错怪了自己的恍惚

现在，我要闭上天空留在我体内的
那只微小的眼。现在，我要盘旋
绕着工厂这座迷狂的钢铁森林
现在，我要卸下脑内的知识，让搬运工
把它堆弃在空空的楼顶

我沉睡过
也忙碌过。顺应过，也抗拒过
我似乎朝着一个方向
多少非人的意志！每当暮色降临
在冰冷的车间里
我急不可耐地撕下两只肮脏的手套

我对自己说：你，
才是我渴望穿透的黑暗！

叶匡政

1969 年 4 月出生，诗人、学者、文化批评家。著有诗集《城市书》《思想起》等。

妈，我想把你拉在人间

母亲白发慈颜，躺在病床上
躺在生死交集线上；我坐在床侧
握着母亲苍老，依然温软的手
脚下如临黑色深渊。

生命监测屏上波纹起伏指数闪烁
嘀嘀的警示音不时响起；我握着
细微的脉息，不时被紧握一下
十指连心，母子在以掌纹指尖交谈。
我心忧戚，一直紧握母亲的手
生怕那颗搏动了九十五度春秋的
心被死神梗阻，沉坠
妈呀！儿子想把你拉在人间！

我不敢松手！妈，不舍你离去
也知道你不舍得离开家园。
你还有多少牵挂在心，嘱咐含在舌尖上
儿子想把我佛一直敬在人间。
即使不能像往日，陪你出门去看春天
陪你站在窗前看雪花飘舞
哪怕只陪你躺在床上聊天；妈
儿子想把你拉在人间，只怕很难……

梁志宏

1945年10月生，中国作家协会会员，文学创作一级。出版《冶炼太阳》《梁志宏文集》（5卷本）等二十二部。诗作《检察长的眼睛》获《诗刊》1981—1982年度优秀作品奖。

住在永恒的秋天

在水中点亮灯火的人
住在永恒的秋天

早已越过了夏季的繁茂与躁动
又绝不向死寂的冬天张开双臂

拥抱清香抚摸丝弦
用碧茶一杯替换浓酒
掌纹变化着无穷妙想

他转过身去
对着徐娘半老前的那一刻
致以倾心的微笑

马笑泉

1978 年生于湖南隆回，作品见于《当代》《收获》等。著有长篇小说《迷城》《放养年代》等。作品被翻译成英文、法文。

药方

再见花生、维C水、柠檬、口杯、蜂蜜、螺汤、
　面包、馒头、面饼、开心果、陈醋、毛巾、披肩、
　围巾、背包、手帕、药和药方
再见果汁、西瓜、三明治、糯米糕、椰子、粽子、
　鸡、冰箱、上衣、裤子、外套、连衣裤、包子、
　酸奶、巧克力、许多个第一
再见了，冬天、春天、夏天、来路和去路
当空气哇的一声哭出来
尘埃已把明天淹没

——此为砒霜亦为药方

艾子

海南省作家协会副主席、海南大学兼职教授，任职界面新闻海南频道总编辑。出版《寻找性别的女人》《异性村庄》等。

橘子洲的小雨

不到长沙不知道橘子洲的橘子多甜
不到长沙不知道橘子洲的柚子多圆
湘江水也是一往情深
搂住橘子洲从头爱抚到尾
伟人依然以定格的青春站在橘子洲头
凝视的远方都已变成他的故乡
中流的水成了鱼儿们踏青的细浪
多少诗句站在桥上等湘江梳妆
小雨就是初冬对晚秋缠缠绵绵的挽留
跑上岸来的江风
就是潇湘依依不舍的小手
我几乎就要梦想成真了
橘子洲的小雨
编成一个中国结
把我的爱留在橘子洲头

陈泰灸

中国作家协会会员，肇东市作家协会主席，世界艺术文化学院名誉文学博士。出版诗集《为爱流浪》《感受幸福》等。

比如，一个叫娜秀的姑娘

一个姑娘从苏毗部落时期走到
宋朝，改名叫娜秀
怒江一直深爱着你
把你紧紧地搂在怀里
不离不弃，流了几千年

你说你害怕刀光剑影
每一次你都悄悄地闭上眼睛
你曾站在路边焦急地等待文成公主的到来
你也曾对孩子们的胡作非为痛苦地流泪
但是此刻，你喜笑颜开

曾经想，我一定会见到你
但是，我不知道你怎么迎接我
我静静地躺在你的怀里
在梦里为你穿上最美的嫁衣
从此，与你长相厮守

陈跃军

1979 年生，中国作家协会会员，著有《飞翔的梦》等著作，主编《相约西藏去放牧》等，曾荣获西藏新世纪文学奖、雅砻文学艺术奖。

石头

一直认为生命的原形是块石头
这种执念有棱有角并且沉重
遇见陡坡时也有翻滚的冲动和欲望
甚至不在乎高度和速度带来毁灭性的粉碎
我的皮肤干燥、龟裂，也有庄严的黑
想起它们在轻浮的万物中站立，想起太阳
想起一种崇尚坚硬的，诞生的命名
这些石头，是土地繁衍生息的秘密，是希望
我把遗憾和忏悔镶进林中的石头，永远保持痛苦
并和野兽共同呼吸，和蓝天对望
关于身体中石头的幻想，无根却通透空明
似乎使我无限延伸的白色形单影只
而骨头里，血液里，却万马奔腾
向着熊熊的火焰，或成为一座纯净灵魂的城堡
真想做回一个石头，如同青蛙掉进水里
无论逃避还是构建，终究回到自由，回到石头的沉重
做回一块石头，就不必残忍地闭上欲哭的眼
永远保持沉默，思想就从空心里溢出
我也始终相信命运中偶然的滚落
也相信，在人海中向我走来的那位戴着石头的姑娘
亲爱的，你是宇宙哪颗星的陨落，在我最遥远的荒野

吉候路立

彝族，1991 年生，四川小凉山人，北京师范大学文学院 2017 级当代文学专业硕士研究生，第“十二届星星大学生诗歌夏令营”学员，诗作发表于《绿风》《诗潮》《星星》《诗林》等。

出航

这次不用告别
无论我去哪里
悦人的空谈仅是安慰
你的挥手如垂钓的鱼钩
只会等来再次创伤
腐臭涌上心来
渔人坐在船尾
两只哆嗦的鸬鹚
茫然中渐离视野
如前年落地的两粒果实

爱是时间拉开的距离
我们都是时间以外的事物

这次真的不用告别
落日狐狸般的笑脸
如茶杯上留香的唇纹
一种声音总会重来
系在桥桩上的波浪
拍打爱情永恒的夜色

剑峰

本名郝剑峰，1967 年生，现居绵阳。中国诗歌学会会员、四川省作家协会会员。诗作发表于《诗刊》《人民文学》《中国作家》等刊物。出版诗集《无意的时针》《城市深处》。

一只山姹

阳光直晒！清晨
我从床上爬起来，去看，透过一层薄纱
像梦一样的双河客栈旅馆
我被包裹起来的
爱，得到了真心释放——十二背后

我的诗篇：钟乳石，钟乳尖尖，
像母亲手中的针锥，纳鞋底的手苍老，
亿万年啊！
母亲的背太沉重，河水蜿蜒，铺满了鲜花
赞美上帝吧！洒满人间最美的花园

我写诗，歌颂母亲，歌颂十二背后
十二背后山水林木、鸟语花香的
紫色。
我写下你多情的爱意——女人，喂养了这些山河。

当机翼硕大的身影投在遵义，我的心
蹦蹦跶跶跳起来，我是一只奔跑的兽
阳光雨露——恩赐
我的诗篇轻巧、简单，它从此脱下笨拙的外套
回到十二背后，回到纯净的自我。

山姹，姹紫嫣红的姹
在我窗前鸣叫，大雾弥漫了竹林
一只红嘴山姹已经飞舞在十二背后

姜博瀚

本名姜宝龙，山东胶州洋河人。中国作家协会会员。著有长篇小说《顺着迷人的香气长大》、中短篇小说集《我和我父亲的过去与现在》。

桃花开了

春雷碾过
桃花就乖乖地开了

漫山遍野的桃花呀
痴痴地笑，傻傻地摇曳腰肢

俊俏而艳媚的女子！
从红尘中来，往红尘里去，像神的懿旨

多么艳丽的桃花呀！
你来，种在我的身上，胎记一般的

在小腿肚上，在膝盖骨，在大腿外侧
你像贪婪的小花猫，挠我抓我咬我——

我的桃花，漫山遍野的桃花
咬在皮肉上，就像神的突然造访

是的，惊蛰后
桃花一开，神就来了

在我的身上建茅庐，点亮灯盏
用我的痛我的疼畅饮，构筑一个他们的宫殿

这些桃花，艳如红斑狼疮
在我的身上睡着了，做着梦，大口呼吸

多像夜里磨牙的孩子
神，他还只是个孩子，什么都还不懂得疼惜

卡卡

本名陈勋燕，1978年生，福建尤溪人。部分诗作发表在《诗潮》等报刊，曾获首届国际微诗大赛铂金写手奖。

转场

草原又一次伸展开来
马牛羊像魂不守舍的流水
在前方变成了波澜
转身的瞬间
我看到遥远的隐忍和悲伤
牧人不信仰脆弱
往事在硕大的泪滴里柔软
狂奔的羔羊缺水

明天，将怀揣幸福和喜悦
在有限的温暖里邂逅
然后，然后春风吹遍镀金的草原

我已情不自禁地爱上这种方式
转场的方式，我知道
大地的生物都不会转化为羊群
我是想成为一片萌动的水草！

孔占伟

笔名山人，系中国作家协会会员，青海省作家协会主席团委员。出版诗集《岸上的水》《家书》《寂寞的风向》等四部。

清明

一个穿着中学校服的女孩在墓碑前抽泣
声音淹没在扫墓者的河流里
当赶集一样的人群散去，她还跪在那里
哭声露出来，像柳枝折断处的嫩浆
我感到有一条沟壑在加深
隔阻了车辆和一个母亲回家的路
我看一眼墓碑上的文字写着
慈母：某某珍——
生于 1970 年 4 月 8 日
卒于 2010 年 8 月 28 日

大风中她的身影越来越小
像一把刀在石头上磨薄

李犁

本名李玉生，任中国诗歌万里行组委会副秘书长、辽宁新诗学会副会长、《深圳诗刊》执行主编、《猛犸象诗刊》特约主编。出版诗集《大风》《黑罂粟》《一座村庄的二十四首歌》，文学评论集《烹诗》《拒绝永恒》，诗人研究集《天堂无门——世界自杀诗人的心理分析》。

听自己的声音

田野上听到风的手指拨动树叶
整条山谷发出令人欣喜的声音

那只我不认识的虫子落在我的肩上
我看着它在我身上悠闲的行走

俯下身看一棵草。它长得比地面高
它是否会在意另一棵和它同样的草

人们在隔一道梁的村庄赶庙会
乡下的神都如期坐在他们自己的位置上

我坐在树底下望着不能叫河流的流水
它们有什么力量一刻不停地经过无数村庄

一件事发生后另一件事必然发生
我相信有人会爱上从未去过的地方

听自己的声音不是件容易的事
我们许多时候说出的话都会随风而逝

尘归尘土归土。神还会远去
他们不说话却带给人们不同的欢喜

梁生智

1962 年生，山西定襄人，山西省作家协会会员，山西省《五台山》杂志副主编。出版个人诗集《一个人的爱情》。

纸荼蘼

不去采撷陌上的花枝
我热衷于培育纸上的荼蘼
枝、叶、花，执、痴、释

这纸做的花朵如何能献
它无用的轻、承载的重

但我依然由制造一根带刺的杆
开始。一个词一片瓣
绾住半绺岁月的经络

直到，一枝最后的荼蘼
收藏一缕相应的灵魂

林馥娜

现居广州。中国作家协会会员。作品发表于《世界文学》等刊物，部分译成英、俄、韩、日、葡、蒙等语言。著有《我带着辽阔的悲喜》等作品集七部，主编诗集二部。曾获国际潮人文学奖等。

住在罐子里的人

你赐予我的
是一只密封的罐子，盛满空气
水，和众多生与死的
密码……当我，气球样注满水
碎裂，肉体消弭
附着看不见的灵魂，我就可以鲜艳得像开在
经卷上的花
开在罐子里
那些无依的彩饰
那些鼓胀的乳房
那些簇拥罐子内壁的浑然不见天日的回声
……它们积聚着，发散
我再一次压抑外部的敲打，火
火一样止不住的隐逸与惶惑……住在罐子里
为每一道缝隙刻字，密不透风的词条间
有来路，还有归途上
烧不死的停顿和呼吸，我背着你
画下一个大海，那里，没有一个人
会将缆绳，和梦
举过头顶

流泉

本名娄卫高，浙江龙泉人。中国作家协会会员。曾先后在《诗刊》《星星》等国内外杂志发表文学作品，多次入选各种年度选本，获全国首届大观文学奖等奖项。

祝福

一个看不见的人
走过了春夏秋
冬风浩荡，显现自己
一切都回来了
我窗口可以看到的那棵树
终于脱下所有的形容词

慕白

本名王国侧，浙江文成人。首都师范大学2014年度驻校诗人。

故人

几个人围桌喝酒，波光在脸上
荡漾。他们都来自过去
只说往事
像窃贼，瓜分着彼此内心的快乐

他们偶尔沉默，说起一位离世的兄弟
只让酒杯开口，颤抖着吞下悲痛
外面，原野生锈
枯草抓紧大地。他们脱下外衣

暮色盖住远山。把杯子里的酒喝完
就各自启程了
向东的要到海边去，向西的要过阳关
其他三人要结伴到附近的寺庙

那里也有一位故人。他已经在尘世失踪多年

青小衣

河北邯郸人，七〇后诗人，中国作家协会会员，河北文学院签约作家，作品见于《诗刊》《人民文学》《钟山》等，已出版诗集《像雪一样活着》《我用手指弹奏生活》。

肉骨头

照例，初三和周二
在楼梯口迎候我
眼神落寞
它们嗅出我照例没有
带来肉骨头
它们无可奈何地
围着我蹿跳
事实上我一直身揣
一副骨头架子
总觉得还不到时候
不舍得
交给它们
——新年好，别跳了
我会尽快
把骨架补偿给你们
在它变软之前
它的硬度
够你们咬啮
只是啃撕不出什么肉
这半生，我
耗费得太多
最后的移交，即是托付
避免被烧成骨灰
毫无用处

伤水

1965 年 8 月生于浙江玉环岛，出版有诗集《将水击伤》《洄》等。入选《中国先锋诗歌档案》《新世纪 5 年诗选》《中国新诗选》以及各种诗歌年度选本等。

大雁塔，路过了

韩东君的大雁塔，我就不爬了
远远地看一眼，就行了

站在小寨东路，远远地
看了一眼，不，是瞥了十三眼
便走了

韩东们也知道，这个时代
已经不是当年他们的
那个理想时代。现如今
我们这些庸众，既不想上
也不想下，只想
平着走

而今不幸遇见大雁塔，对不起
走了

尹聿

本名尹顺国，河南舞钢市人，中国作家协会会员。著有诗集《缁衣夜行》《记录2006》《纪念2007》，小说集《其实我们并未相逢》，随笔集《读罢写吧》，鉴赏集《赏曲》等。

在立冬，遇见你

楼群间的月亮
带着火焰的光芒落入你的眸子
冬季就在我身旁温婉可人
它不再寒冷如刺寂寞如海
满街的柳叶起舞不止
为你划过灯火下的浪漫
飞向我抒情的话语间
带着滚烫的词语
不时滑落在你的眼前
你是随风而动的玫瑰
我是引动歌喉的夜莺
如果最适合在夜晚唱歌
我就轻轻唱给你听
今夜就有一个季节为我们作证
长长的夜，一点点做梦

夜陌

本名马索里么，青海化隆人，撒拉族。大诗主义诗人。2019 年毕业于青海民族大学。著有长篇小说《西北望》、诗集《出黄河》。

像雏菊呀，花开

她像一只大理的蝶
落在了北方，我孤寞的海边
又落在了一座秘密宫殿
我珍藏的春天里

我在她的侧面
在透过爬山虎窗台的阳光下
像个处子
颤动，写心跳的诗
也会停下笔，偷偷看她

哦，心里的菊就要开放
她这娇小的蝶，飞过茶林
飞过紫红灯具
飞过长长回音的栈桥
掠过我心内的雏菊

最后，消失在那间闺房
而我也跟着跟着，就丢了

是的，我爱她
如我爱上的那些幻影、野草和海水
爱上的糖块或盐粒
爱上的生命钟摆，对我的指向

可，我怎么总捉不住它?
像面临着雾里的事物，有些具体
又有些抽象

占森

本名丁小龙。诗见于《人民日报》《解放军文艺》《诗刊》等。著有诗集三部。

每次遇到大树

每次遇到古老而苍劲的大树
都有拥抱它的冲动

每次遇到奄奄垂死的大树
都恨人间无力回天

每次遇到已经死去依然挺立的大树
都想它哪一天会不会奇迹般复活

每次遇到已经死去并已倒下的大树
都想它是不是父亲的化身

张海荣

山西昔阳人。著有长篇小说《变迁》、诗歌集《从潘掌出发》等，获 2014 年山西省十佳诗人、2015 年《都市》桂冠诗人、第四届晋中文学奖。

鱼尾纹

岁月，请跟我来。
这里是我的厅堂
这里是我的厨房
这里，是我的卧室……

我总是在梦中
抱海而眠，醒来，唯有鱼尾的痕迹。

生活的面目
已经越来越清晰了
一张漏洞百出的渔网中
我是那条夺路而逃的鱼。

张琳

生于 1989 年，山西省原平市人。出版《纸蝴蝶》《人间这么美》。

草皮书

一群头发几近花白的园林工人
从蓝色卡车上，卸下几缕阳光
又陆续卸下一块块捆绑好的草皮
在林荫大道旁的绿化带缓坡上舒展
他们俨然已是大自然灵魂工程师的一部分
他们摊草皮的手，可以让冬天所隐匿的光全部复活

张诗青

1987 年生，山东蒙阴人，山东省作家协会会员。作品散见《诗刊》《星星》等。出版诗集《绿松石》。

第Ⅱ辑

金牛星·作噩星

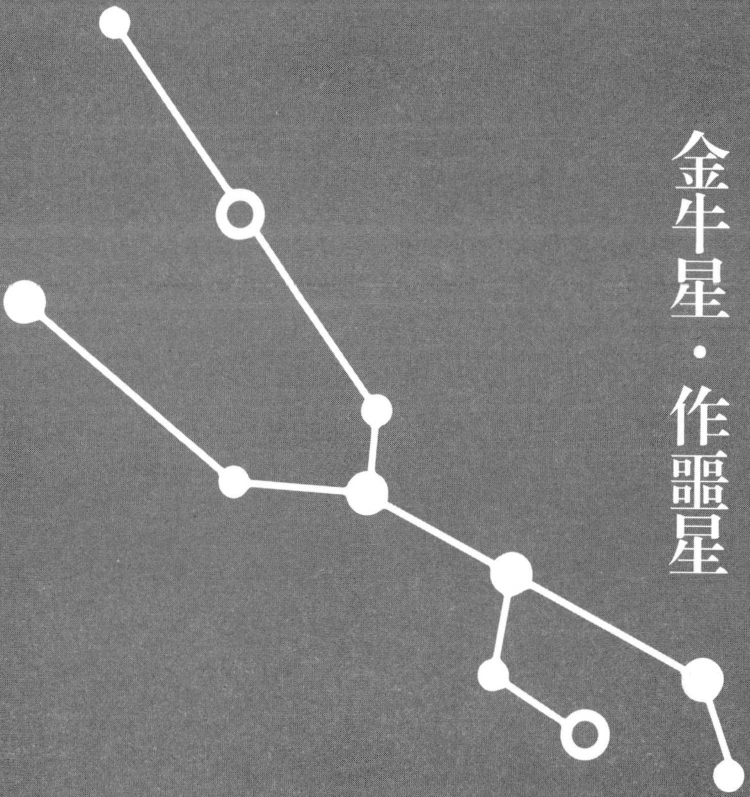

4 — 5 月

雪中访友帖

一定要找一位好友
他一定在雪原的深处
内心有荒郊的人
这样的天气，他一个人一定在下雪

宜步行，穿越野外
仔细听积雪反抗脚板的声音
雪花都是个体主义者
可这无边的世界堆满集体主义美学

我早不是行吟客
无马可骑，也没有江山
爱红颜，也爱烈酒
雪地里写满暴力，但长啸会有雪崩

做一位嫉恶如仇的书生
剑气已聚于丹田
这白茫茫的天下到底是谁的
除了爱情和友情，究竟会发生什么

马启代

1966年生，祖籍山东东平，诗人、诗评家，“为良心写作”的倡导者。现为中国诗歌在线总编辑，“长河文丛”、《山东诗人》、《长河》主编。1985年开始发表作品，出版过诗文集二十二部，作品入编各类选本二百余部，获得过第三届当代诗歌创作奖、2016首届亚洲诗人奖（韩国）等，入编《山东文学通史》。

街角

街角是寒碜的，
稀疏的狗尾巴草在颤抖，
犹如玫瑰的可能性，
合谋在开放中藏匿起路人匆忙的一生。
从坍塌的残垣看过去，
照相馆的墙根趴着一群零乱的树叶，
窃窃私语，似乎
在讽刺摄影师高超而失败的技术，
当然，影子也栖停在那里，
只是它们早已习惯于默不出声。

昨天是一位女士的忌日，
传说她被一枚五分钱的子弹
赶出了生命的现场，
五十年了，春风依旧温煦，
龙华的旧址，无根的塑料树在移动，
牵引着一盏盏劳动的路灯，
垃圾箱蓬勃生长犹如黑褐色森林，
而邮筒已少人问津，孤零零地在街角伫立，
仍然张开绿色的嘴唇，等待深吻……
四月的最后一天，街角
在城市的中心硌疼了一名诗人的脊梁。

汪剑钊

1963 年出生于浙江省湖州市。诗人、翻译家、评论家。现为北京外国语大学外国文学研究所教授、博士生导师。出版有著译《中俄文字之交》等数十种。

在九寨沟保华乡听南坪小调

把天空掏空，椴木声音的锄头把天空
逼到没有退路。

在耕过的天气中种花，
稗草的鸟叫被琵琶白发的栅栏，隔在
蓬勃的文字外面。

节令们用搪瓷的野菜敲打散碎的日子，
酒在正月的枝上，开雪花，
诱惑植物们成亲，生籽，让大地，
给天空用花说话。

藏马鸡被风筝错开的纸，描在云顶，
雾饱满，如同睡眠的水，
汽车是公路壮年时萌生的花骨朵。

椴树梢的女高音，酿酒，指引汉语中
的山羊。
如履薄冰的地名，
用年老的露水，一颤，
成一本水做的书，花朵们长出的封底。

龚学敏

1965 年生，四川九寨沟人，《星星诗刊》常务副主编、四川省作家协会副主席。1987 年开始发表诗作。著有诗集《幻影》《雪山之上的雪》《长征》《九寨蓝》。

春天的快马呀，春天的小桃花

雪花是纯洁的，泉水是清冽的
你不知道，青草在何时从路边长了出来
天空大概是一本书
蝴蝶是标题，燕子侧身而飞的时候
仿佛墨迹未干的手写体
春天的快马呀，春天的小桃花

雨水如果落在树叶上
发出的声音
可能是嗒嗒嗒嗒嗒嗒
也可能是啪啪啪啪啪啪
春天的快马呀，春天的小桃花

如果落得慢一些
就会长出小蹄子：嘀嗒嘀嗒嘀嗒
世界慢一些是美的
花像花那样开，也像花那样落
开与落都是自己的样子
春天的快马呀，春天的小桃花

大卫

本名魏峰。1968 年生于江苏睢宁，中国作家协会会员、中国诗歌学会会长助理兼副秘书长。曾参加第十四届青春诗会。著有随笔集《二手苍茫》、诗集《荡漾》等。

梨花节记忆

谷雨有约，梨花有约
这是春天里一片馨香的记忆
《我的民谣》是陈年老汾酒
任凭亲们一醉方休

让一些情愫燃烧火焰
让圣洁的心灵飞往高处
用地道的乡音谈论所同
别是一番春天的滋味

最近的是手和手的距离
最远的是心与心的路程
朋友们千里迢迢奔涌而来
与诗歌有约与人生有缘

梦在哪里逍遥
魂在何处安放
所同的民谣有滋有味
带给你不俗的惊喜和陶醉

桃花又红，杏花又白
原平圣洁的梨花情有独钟
以诗歌的方式款款盛开
告诉你什么是诗意的生活

郭新民

现系中国诗歌学会常务理事、中国作家书画院副院长，山西省作家协会主席团委员。参加第十二届青春诗会、首届“青春回眸”诗会。著有《一棵树，高高站着》等。

皮影戏

铜锣敲响处
人生的悲喜剧跌宕起伏

雪花扑打灯幕
世间冷暖自知
壮怀激烈时群山震颤
愁肠百转时河流呜咽

悲伤的泪花闪烁
狂喜的泪花长流
这一幕幕上演的传奇
为什么总是与泪水有关

台下的人一声斥责
让流传史册的帝王将相一文不值
台上的人两句调侃
使风流千古的才子佳人丢尽颜面

哭泣的人依旧哭泣
窃喜的人还在窃喜
这些个僵硬的驴皮
在影布上是如此的生动鲜活

一盏孤灯在风中摇晃
前世今生轮换着粉墨登场

杨廷成

青海省平安人。中国作家协会会员、青海省作家协会副主席，出版文学作品集六部。主编出版诗歌集、散文集十部。

种美人

我在你的身上种芭蕉和草莓
种罂粟在唇上，种一对火凤凰
梨花带雨，也种三千佳丽
让你醉生梦死
种春秋，漫长的冬夜
在你的腹部，我种樱桃和白茅
在你舌上的酒庄，我种下
烟民，陪你在棋牌楼
种晨露和大雾茫茫
瘾让你飘飘欲仙，烈火中烧
即便如此，我还要种下万两黄金
在你腰间的素丝上
种山河和兵权，你爱
江山浩荡，枕边的美人
和手中的利刃，我要为你
种下英雄救美的乱世

安然

满族，内蒙古赤峰人，中国作家协会会员。现为花城出版社《花城》杂志编辑。出版诗集《北京时间的背针》。

夜空，悬着一块鱼化石

每晚的天空都不一样
今夜，天空悬挂着一块鱼化石
平行的地平线，抛出那枚金钩
他们彼此吸引，心甘情愿地
互设险境。

石鱼一生躲过无数光的梭枪
他不知道自己生在网里
不知道大海也是一张巨网
甚至不知道只有天空
才能一网打尽：海、化石和人间

陈红为

曾获多个诗歌奖项。著有诗集六部。作品被翻译成英语等多语种。

多么好的陀螺

多么好的陀螺
它听从于挥鞭人的指令
每一次接受
都让它越来越快
越来越身不由己

多么好的我们
像一只只旋转的陀螺
在粗糙的人间
绝不肯，无缘无故地
停下来

大连点点

本名姜秀莎，教师。有作品发《诗刊》《星星》《鸭绿江》《诗潮》《诗选刊》《绿风》《海燕》等，收入多个诗歌年选，著有诗集《点点感觉》。

黑骏马

在北方草原，我遭遇了一匹黑色母马
它黑得让我倾心，这是我生平首次
如此礼遇人类之外的某个物种
它的威仪足以忽视所有投过去的眼神
却没有忽视一个诗人的！我为此而感动
同时，揣测它的身份令我着迷，虽然许久
没有结果，不过总强于用杜撰来编派
它的真正血统，我是说，当一匹草原黑骏马
真实地存在于，一个江南男人的视野中
而他又很卑微的话，就会像受到公主知遇一样
珍重它的回视。在日常生活中，还从来没有
如此高贵的眼神长久地打量我，此刻
时间在没有外力的空间点结束，我第一次
感到太阳下的某些神秘更加神秘，并为自己
和一匹黑马之间所发生的神秘而窃喜
这种氛围再一次让我回溯到“黑”这一原点上来
回溯触发了我的灵感：“黑”和“光”，两种只有
天帝才能支配的高贵属性，在奈曼草原的
一匹马身上集中体现。我终于发现了马的来历
我为发现感到激动，今天过后，或许我会
把太多的事情选择遗忘，但显然不包括
眼前的这位公主，尤其是后来，我看到它
奔跑起来，阵云和飓风，在它的身边集结
集结，多像楚汉时期某一场大型战争的术语
被驾驭在二千多年后一匹黑马脚下，这无疑是
马类信仰的承延，和风行草原的宗教一样

大枪

江西修水人。中国当代诗人。获得第四届“海子诗歌奖”提名奖、首届杨万里诗歌奖一等奖、《现代青年》杂志社年度十佳诗人奖、《山东诗人》年度长诗奖、第五届中国当代诗歌创作奖、“湘天华”杯全球华语诗歌大赛银奖、2018 年度十佳华语诗人奖及其他多个奖项。

比喻词

过完小年，大年就要来了
父亲一点点除去
门框上旧对联的残余部分
动作缓慢又迟钝
他已成为丢了碗底的碗
那样的摇摆让人紧张
我会忍不住，转过头去看两眼
偶尔
也会抬眼看看厨房中那人
她已变得更加深蓝
深到快要成为一件旧家具
如果床上
看手机的少女走过来
将显得格格不入
她像白色瓷器，上面发出的光
让我变得更加沉默
坐在沙发上
试图阻止自己成为一枚顶针
在下一个年头
某一个眼，锈出一个破洞来

张文忠

笔名呆瓜，七〇后诗人，有作品发表于《诗刊》《星星》《浙江诗人》等。

古音

我与历史不仅相隔土地
还相隔歌声

相同的文字
不同的发声学

故乡原有不一样的乳名
路也有不一样的去处

你说话 用古声
那些叶子会不会一片片地动

它们听一样的故事
一些长到空中
一些变成风

高璨

1995 年生于陕西西安，现就读于德国弗莱堡大学。作品见《人民文学》《诗刊》等。出版《梦跟颜色一样轻》《这个冬天懒懒的事》等二十余部作品集。

山楂花是春天的小女儿

春天，这个树木花草的女王
她的旨意不容篡改：
柳树、杨树、榆树、槐树依次绿
迎春花、桃花、杏花、梨花渐次开

山楂花耐着性子
等候开花的指令
小脖子都抻细了
差点就被关在春天门外

山楂花的小白伞一打开
喧闹的春天很快安静下来
哦，那小小的，白得炫目的山楂花
是女王留给自己送终的小女儿

葛平

生于四川雅安。中国作家协会会员。作品见于《诗刊》《人民文学》等，著有诗集《梦的雕像》等。

替身

一只羊和一群羊都是一个模样
丰沛的云朵
随意一卷就是一只羔羊
一个人和一群羊如此亲密
沉默的羊不再想逃生
青草指引着它们
低头走路
眼睛那么亮，泪水那么软——
与人共一个月食
共一个草甸
却不能
共一个屠场

谷未黄

武汉市作家协会副主席。作品散见于《诗刊》《人民文学》等。已出版诗集六部、散文集二部。

梅之恋

如果雪一直下
梅就会无所事事
找一垛背风的墙，亲热地靠着

不给时间准确的指针
不给大地以一张白纸的命名
这些陆河的雪，下到屋顶还是下到头顶
都毫无章法
风自己吹自己的

写诗也是如此
如果你还在数着一片片雪花
诗没有写完
梅也就开了

李树侠

安徽桐城人，桐城市作家协会副主席。作品散见于《诗刊》《星星》等和多种诗歌年选。出版诗集《秋天的一封信》。

酒家口

站起来比濩泽河高
躺下去比虎头山长
在风门口扯一把杏黄旗
让悬在半空的酒字
招揽了几百年的营生
有汤帝庙风调雨顺
有黄龙庙一方安康
老君爷赐福丰衣足食
柴山坡瓜果四季飘香
东坪的小麦绿浪翻滚
西坪的五谷山歌嘹亮
圪梁后飞扬的民风
走街串巷
老墙长满高头院的时光
艰辛岁月把前坡磨亮
新建的高楼让视觉仰望
这是谁家的后花园
这是谁家的圣贤堂
牧童指着这酒家口
讲述着这村庄情义长

路军锋

笔名太行闲夫。中国诗歌学会会员。著有《诗人过太行》等。诗集《太行风情》获得第二届博鳌国际诗歌奖年度诗集奖。

爱的发现

在你较劲时间的注目中
我成掩入红尘的一块好料

你清秀的嘴 红润的唇
如阳光的斧 圆月的刀
把我雕琢为一件生活的艺术品

日可出西方，水可倒流，人也可新生
不知岁月可否回转
转成潭影湖心的忘我惊鸿

如今我唯一的虔诚，是还原本真
如同一棵行将老朽的树
只在乎歌吟而至的春风

不管寒暑，不论晨昏
你每喊一声亲爱的
就喊黑我一根白发

彭桐

安徽人，供职《海口日报》社，偶有作品获奖，参与策划与主编多部大型社科类人文图书，出版有杂文集《车轮上的风景》《真相追踪》和诗集《爱的传说》等。

烟花

仿佛绚丽的一瞬
便是她的一生

她来不及哭来不及笑
来不及紧紧抓住
天空中任何一枚星子

注定怒放便是死亡的开始
她想都没想
“砰——”
身体被冲上星空
碎了，裂了
撒遍人间的都是
美丽的遗嘱

若荷影子

本名胡夏勤，江苏苏州人。江苏省作家协会会员，中国诗歌学会会员。作品散见《诗刊》《诗歌月刊》等。著有诗集《姑苏诗影》《黄鸟》《蓝》。

疯牛记

怀思的少年在田埂上勾头行走，
影子滑过水面，宛如肩扛摄像机在拍摄。

一头牛，每一寸牛肉都携带疯狂的力，
狭路奔来，震荡田畈和少年的遐思。

他醒得晚，呆立，死的黑幕已席卷脑海，
可还本能地一跃，跌坐泥田中……

早已预示了人之路：
疯牛难以量数。

注定将常跌跤于泥田，
踉跄而行而至坟墓。

苏丰雷

生于安徽青阳，本名苏琦。著有诗集《深夜的回信》、文学随笔集《城下笔记》。

敲钟人

说是敲钟
其实就是敲一截三尺长的铁轨
那铁轨还是生产队里派了几个社员
在山外的铁路边偷来的
偷来的铁轨挂在了村东头老槐树的枝杈上
敲钟人每敲一次铁轨
老槐树上总少不了要掉下来几坨鸟屎
鸟屎一旦落在了敲钟人的头上
敲钟人就会好几天
——嘴里念念有词

陶发美

1954 年 12 月出生于湖北蒲圻，现居广东深圳。诗人、独立批评家。出版有诗集《萤魂》、庄子专论《庄子随笔》等，主编《中国诗歌民间读本》。

春风，在一夜间抵达

忽如一夜春风来，千树万树梨花开
梨花以磅礴之势，包围了
巴掌一样大小的村庄
这是美好的兆头，枝上的几只喜鹊
已经把春天叫醒，喜庆的声音
比炊烟飘得还远

第一书记带来了春天
他来到扶贫第一线
他带来了山外春天的讯息
炊烟飘过山梁，一缕缕
梨花如万盏灯火
照亮人间的每个角落

低矮的木屋隐藏在梨花深处
犬吠声幽幽地传来
几个小孩还裹着厚实的棉衣
他们是春天这幅画最美的点缀
流过门前的溪水，已经解冻
所有温暖的词语
如梨花纷纷扬扬，砸醒了大地

春风，在一夜间抵达
磅礴的梨花地
唢呐声响起，村庄的一对新人
举行了盛大的婚礼

姚瑶

侗族，中国作家协会会员。现就职于贵州电网凯里供电局。在《山花》《诗刊》《民族文学》等刊物表过作品，获贵州省尹珍诗歌奖等奖项。

他娶了海神的女儿

海风在夜里漫卷，肆虐
甚至扑进屋里，摇着煤油灯

光，在一个痴呆妇人的脸上跳跃
她闭上眼，对着桌上的神像祈祷

月亮被乌云遮住，久不露面
可怜的信徒，没人敢立刻告诉她
她的儿子已经娶了海神的女儿

鹰子

1986年生，河南舞钢市人。擅长文学评论。

一只鸟的血不愿留在天空

谁是保持天空纯洁的殉道者
当子弹穿透它为人类存放正直的心脏
一只鸟便迅速朝田野坠落
在这个过程中，全世界都悄然背过身去

左岸

出版诗集《一只晴朗的苹果》《灵魂 21 克》，
主编《中国当代短诗鉴赏》。

今夜，我是如此富有

感谢命运的厚爱
今夜，让我如此富有
马钉靴是我的
白手套是我的
防风服是我的
旧门框的吱呀是我的
老天洒落的银丝玉珠是我的
屋檐下尚未融化的雪是我的
门口那对威严的石狮是我的
那片青翠的草地是我的
小河的流水是我的
就连这茫茫夜色
也是我的
直至这无常的尘世
将我拥抱入怀

阿桂

本名徐贵保，南昌新建区人。江西省作家协会会员。诗歌散见《诗刊》《名作欣赏》等。

芬兰郝尔辛基大教堂

在芬兰郝尔辛基大教堂前有一个不大不小的广场
广场上有一座雕像应该是铜做的吧
雕像上边有一只水鸟在休息
欧洲的水鸟很喜欢站在雕像头上
这一幕在佛罗伦萨，威尼斯也见过
很和谐，鸟儿站在一个伟人头上君临天下
我走到郝尔辛基大教堂前
看着他的雄伟和纯白陷入沉思
突然有人拍我的腰　我回过头
看到两个漂亮的黄种人小姑娘
小姑娘笑着说着日语　我估计
她是让我给他们照相
走出国门你就知道人和人沟通其实不需要语言
很多事大家都懂是什么意思
两个日本小姑娘摆了一个爱心，我按了快门
她们两个像快乐的鸽子　道谢后就飞向了远方
我继续看着郝尔辛基大教堂

北陕

八〇后诗人。中国诗歌学会会员，陕西省作家协会会员。出版诗集两本、散文集一本。

第Ⅲ辑

双子星·涒滩星

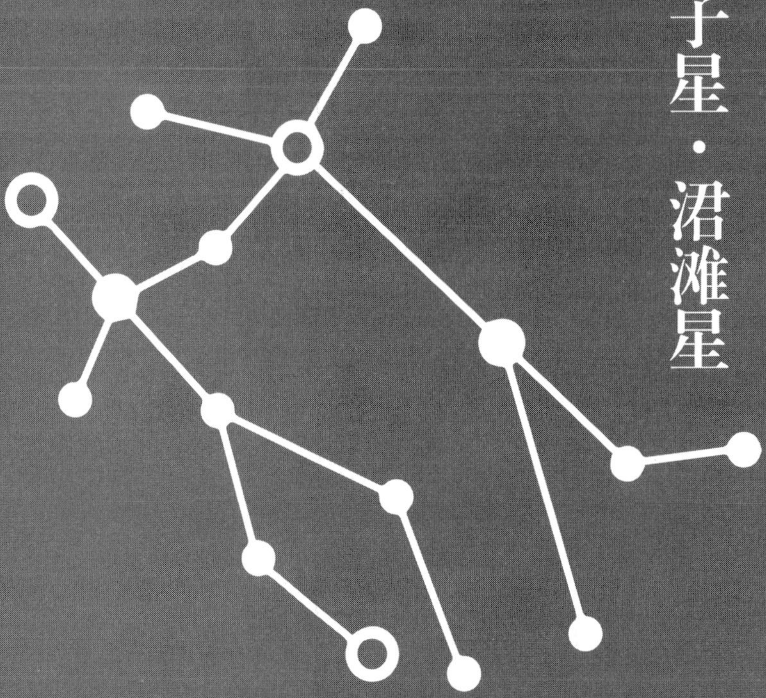

5—6
月

群树婆娑

最美的旋律是雨点击打
正在枯萎的事物
一切浓淡恰到好处
时间流速得以观测

秋天风大
幻听让我筋疲力尽

而树影，仍在湖面涂抹
胜过所有丹青妙手
还有暮云低垂
令淤泥和寺顶融为一体

万事万物体内戒律如此沁凉
不容我们滚烫的泪水涌出

世间伟大的艺术早已完成
写作的耻辱为何仍循环不息……

陈先发

1967 年生于安徽桐城。安徽省作家协会副主席。主要著作有诗集《写碑之心》、长篇小说《拉魂腔》、随笔集《黑池坝笔记》等。荣获鲁迅文学奖、华语文学传媒大奖、十月诗歌奖等。

散步伊豆公园

世间的心旷神怡，莫过于伊豆公园散步
游步道是青藤吗，纠缠了这么多的松树、朴树与橡树
何况，其时又逢早春
更何况，七八滴春雨，兰花指一样，敲打伞面

雨滴趴在一条条出芽的树枝上
这是透明的甲虫吗

更何况，这条波浪般起伏的游步道
是围绕一家美术馆蜿蜒的
作为围绕艺术的一粒行星，我
今日之闲适，自然平添三分神气

一块告示牌对我说，游步道周围的出没
是野猪、灰兔、狐狸与日本鹿
忽然就动了念头，想把我自己
也添上去

四野一片寂静
并没有什么跑来亲近我，那就
且将伞面雨滴，当作蹄声吧

野猪、灰兔、狐狸与日本鹿
你们与我，也只有
一张纸的距离

黄亚洲

出生于浙江杭州。诗人、作家、编剧。现任中国诗歌学会常务理事、《诗刊》编委。已出版长篇小说、诗集等四十余部。2015年获美国世界文化艺术学院院长奖，2019年任中俄莱蒙托夫国际诗歌节学术委员会委员。曾获鲁迅文学奖、首届中国屈原诗歌奖银奖、李白诗歌奖金奖等。

琴师

人俯身于一张琴
仿佛俯身于自我，
而青山俯身于人，
仿佛俯身于深渊。

天地沉默如一场空，
万汇倾心于人的
怀抱，一场细雨淋湿
他与自身的交谈。

五十根弦上，琴心
如波心，波心如自心，
自心如日月之转丸。

肃然的后背之上
星空旋转如一团火，
听取千年一叹。

西渡

1967年生，浙江省浦江县人。著有诗集《雪景中的柏拉图》《草之家》《连心锁》《鸟语林》《西渡诗选》《风和芦苇之歌》（中法双语），诗论集《守望与倾听》《灵魂的未来》《读诗记》，诗歌批评专著《壮烈风景——骆一禾论、骆一禾海子比较论》。

在扎鲁特山地草原

纵深阔远的坡岭，甸野青青
过膝的牧草横挡住我们的前路
让我这般拥有了欣欣于怀的迷途

草海蔓延。游人渐成鹰隼之豆影
扎鲁特敖包五色经幡召唤谁们的魂灵

今生何其微茫。草木轮回，人亦轮回
且放一块虔诚的心石于鄂博之上

苍狼山用一片野山杏林的微红祷告人间
我必得前去。山路只有些许的崎岖
我脚力倍增，且无视山麓妙龄魅女们的呼喊

夕阳，为苍狼峰镶上块垒峥嵘的金牙
金鬃苍狼，恰似一群酒神与歌者的卷蓬发
是他们面对穹谷那几声悠长而空寂的啸嗥

请一定记住，那只来自星星的蝈蝈
在晚晖暗淡下的草原，披挂红绸长巾曼舞
忽而他仰面挺躺，并发出蝈蝈舒畅的欢笑

这北国的苍穹，银河横贯于中天
一盏盏酥油星灯，从亿万斯年的宇空传递
如此临近、硕亮而温暖，仿佛额吉慈祥的眼睛

今夜，东山皎月，神鹿之树悄然站立
今夜，牧草疯长，辽代军马群已潜回故乡
今夜，青春远逝，而那动人的情歌，仍由
　我们低声哼唱

彭惊宇

中国作家协会会员。《绿风》诗刊社长、主编。出版诗集《苍蓝的太阳》《最高的星辰》《西域诗草》，文学评论集《北国诗品》等。

深夜积木

在早起的第一个人
清醒之前，我必须
将楼群、街道、公园、行道树
路灯、公厕、报刊亭、早点部
车站、图书馆
一件一件放回原处
而原本没有的
一一拈出来
揣进布口袋
让那个揉眼睛的人
以为自己仍在梦中
然后，在他的咕哝声里
我悄然退去
好了，明夜再来接着玩
只是手脚还得麻利点儿
否则，一个不利索
小城就炸窝啦

大鹏瞰海

在《诗刊》《诗选刊》及各类报刊发表过作品。著有诗集《雨浥飞尘》。

人间烟火

母亲推开厨房的门，天空和大地就远了
近的是泉水
用泉水洗净双手，把蓝花围裙系在腰间
——一个女人诞生
手握一支青绿的蒜苗，开始掌管人间烟火

菜刀，以雪和月光为刃，起落之间
案板上开出四季
你挥舞水、火、草木、禽灵，在碗碟间排兵布阵
腕上的玉镯绿得能流出一江春水

就要流走了。所有繁华，所有恩仇，都会被水带走
岁月、生死、爱情、儿女，只在一间厨房里入定
水滴一样的心，被碗碟上的青花读懂
人间有诗酒茶花，有琴瑟和美人
我的母亲只把黑发盘在耳后，身影被灶火映在墙上
那面墙就有了菊的呼吸

古老的灶台燃起烟火，你又一次把炊烟扶上云头
此刻天空低矮，斜靠在屋檐上
怀里紧紧抱着红雀的新巢
当饭香从灶台升起，窗花更红了
水汽弥漫的厨房里，母亲眉目如玉
她抬头看你的时候，日月变小
小如一枚玲珑的珠花
戴在她的鬓角

段若兮

甘肃人，中国作家协会会员。鲁迅文学院第三十四期高研班学员。参加第三十三届青春诗会，出版诗集《人间烟火》《去见见你的仇人》。

渡口

……我已经走了
一只无人的渡船
灰蒙蒙的水浪
远处山峦
这些都不能安顿你们

假若你们在此驻足
发现渡头有冷落的灰烬和锅碗的碎片
请想起一个野火熏烤的晚夕吧
那时，我正在耐心细致地翻烤一条大鱼
为一个人，为天地间一场盛宴
也为后来的你们
那时，蛙声把黄河古象的骨殖和两岸的旱柳都叫绿了
闷雷，给草棵间忙碌的蚂蚁增添透明的翅羽

绿雨潇潇
渡口
口含灯火
……我已经走了，我生活过
也短暂地
爱过

庄重如许
饥渴如许
……是如许地知足

古马

写诗三十余年。出版《西风古马》《古马的诗》《红灯照墨》《落日谣》《大河源》等多部诗集。

那些不向往远方的事物

辘轳、木门、石磨、碌碡
运动的半径不过十米

它们找不到通往自由的法门
因而望上去有沉静之美

为了供养两个上大学的女儿
宋三叔，把自己拴在几亩薄田上

南海禅寺的观音
一生都没出过庙门

行顺

本名邢卫兵，八〇后诗人。著有诗集《笼中兽》。

翱翔

在鹰的面前
唯有天空
才能让它翱翔

与风争天下
鹰试图飞出风界

风在天地之间
鹰在风之中

虎兴昌

宁夏彭阳人。作品发表于《诗刊》《廷河》等刊物。

月亮有一颗明亮的心

灰烬之前有过蓬勃的火苗
废墟之上，曾高楼巍峨
如今，他们的心既不相信过去
也不相信未来，只承认瓦砾
和一堆灰

万物的蓬勃与塌缩
很难接上宇宙的秩序，一呼一吸间
荒寒漫溢，洇出硕大的黑暗
而月亮有一颗明亮的心
照耀着这一切

黄土层

七〇后诗人，陕西清涧人。有作品刊于《中国诗歌》《诗选刊》《延安文学》《中西诗歌》《星星》等，主编过《旅馆》诗刊。歌曲《纯净的心》词作者。

滩涂

一点点
伸出自己的舌头
逼退河流

龟裂的背书
写满稚嫩，和几抹
虚妄的摇曳

不知何时
就陷进反转
被河水一口口咬断——

咬进
三十年河东，三十年河西

老家梦泉

本名袁北海，曾在《诗选刊》《诗歌月刊》等刊物发表过作品。现任中国诗歌流派网编辑委员、《诗歌周刊》执行编辑、中国诗歌网编辑。

初冬

风在提速
吹疼了怀乡人的骨头

有多少肉体
已不能再按原路返回

远道而来的云
为万物染着白发

一片雪花落在枯枝上
没开过花的也开了

李唱白

生于 1969 年，河北新河县人，河北省作家协会会员。有诗文散见于《诗刊》《诗选刊》《诗潮》等，并被收入多种选本。

你怎样获得我的爱

我是新寨村石经城的一块石头
我的肉身上
雕琢了美丽的
嘛呢石经

我是 20 亿块石头中的一块
我是沉默者中
唱歌的那一块
我是挣脱黑暗发光的那一块

如果你来看我
我会流泪
如果你跪在我面前忏悔
我一样会忏悔

泪流满面的石头是我
我压在 20 亿块石头中
我的肉身
已经不是我一个人的了

你伸手抚摸我时
我会战栗
你干枯的嘴唇
说出你的痛苦时
我会说出我更多的痛苦

我终会飞翔
你终会从长跪中获得我的爱

李成恩

现居北京。著有《汴河，汴河》《李成恩文集》等。

春天没有秘密

春天坦荡，冷归冷
热归热，从不指使风去打探
猫儿叫春，鸟儿发情
蜜蜂想跟那朵花儿
约会，老黄牛怀上犊子了
孩子他爹是谁，云儿想抱住那个山头
大哭一场，黑夜中
一只狗崽子的叫声，出卖了自己的行踪
春天用一场冷雨，让它夹起了尾巴

李立

居深湘人，作品见于《诗刊》《人民文学》等百余种报刊。出版诗集《青春树》《在天涯》和报告文学集《飞翔的金凤凰》等。

劈柴

父亲把柴火立起来
瞄一下
一斧就抡下去——咔嚓
溅开的薪柴
弥漫着香味

成年后，我还是远远地看着
斧的光芒，存在散落的木纹里
在高远的天空下
父亲一下一下地劈着
额头的汗珠从两鬓
慢慢渗入汗衫

我是多懒的人呀
远远，就溜走了

一切都显得安详
在越码越高的柴垛边
那些松木、杉木、樟木的香味
逐渐浓烈起来
仿佛把父亲围了起来

时光，是那么的漫长
又仿佛这一切都逝去了
父亲还在一下一下地劈着……
却常常劈到我心里

林新荣

中国作家协会会员。有作品发表于《中国作家》《诗刊》等，著有诗集《羞涩的厚土》《涉水之痕》等。

秋天

拥挤的人群，在枯叶坠落的边沿
我看见海，一个人在舞蹈，一个人在汹涌

花开花落。风，失去往昔的动力
只有思想在不断地向情感的边缘靠拢

世界陷入季节性纷争，呈现夏天之后的病理
所有村庄、树木和田野都是秋天的后裔

佘正斌

海南省作家协会理事，诗文散见《人民日报》《光明日报》等，出版诗集《如果爱着》、文学评论集《漫歌且行》等。

生活是什么

无数个夜晚重复
加重的沉默在我的体内凶猛
一个一个的梦抵达我而后妄图带走
一部分的我　这使我
眼中的黑白愈发分明
常常是
感受力比语言激烈
视觉比语言犀利
直觉比多年所学更具天赋
而一味袒露只会过早让我面临庞大的孤独
越想揭示生活生活就越伪装得无辜
生活是什么，无非是心爱的玫瑰花刺不小心钻
入了你的手掌
而你正往外拔的过程

深雪

本名马慧，回族，1994 年生于青海西宁。大诗主义诗人。有作品发表于《诗江南》《青海湖》《青海日报》等。写有长篇小说《掌灯人》，获得 2017 年中国洛阳“桂冠诗人”奖。

早神

早晨是一位神
他的床是大地

早神早早就起床了
我们却听不见闹钟

早神唤醒了太阳
轮胎滚进了街道

屋里总是有一些动静
回笼觉只属于少数人

早神驱赶大多数人奔向
公交车站地铁站火车站

早神好像在布置什么
太阳凭空被搬到天上

树才

1965 年生于浙江奉化。诗人、翻译家。现就职于中国社会科学院外国文学研究所。已出版诗集《单独者》《树才诗选》等，译著《勒韦尔迪诗选》《夏尔诗选》等。2008 年获得法国政府的“教育骑士”勋章。

盐·史

海水煮盐
神话般美

白花花的晶体
静默如谜目光
牵引

——历史
何时
被盐了

——风干
变白
再纳潮

铁舞（T.W.）

上海人，本名朱铁武。组织 TW(技术·智慧)写作工坊，涉及诗歌、小说、戏剧、电影。出版诗集《山水零墨》《瞬间伊甸园》《手稿时代》《雪地的音乐》《骑车的鱼》等。

吹箫的人

一管丝竹不能坐拥半壁江山
黑痣才是不动产，卧于嘴边

法令纹，有左右逢源的野心
包括着秘不可宣的，爱与哀愁

音律羞涩，有起起伏伏的一生
绷紧的嘴唇，吹不走红尘滚滚

吹箫的人，有黑白分明的信仰
箫声如锦，如棉，如裂帛

当所有身影黑暗中踉跄而去
一只空酒瓶，现出怅然若失的宿怨

瓦刀

山东郯城人。曾在《诗刊》《诗选刊》发表大量诗歌及随笔，出版个人诗集《遁入》《泅渡》《瓦刀诗选》等。

在资寿寺

直奔药师殿，一头磕地
为我那病重的兄弟
二头磕地，再为我那病重的兄弟
三头磕地，还为我那病重的兄弟
我兄弟，七〇后，病前放羊
因贫困，一直未娶

神，请赐我一剂良药
贴在人间的伤口上
你听：北风正吹过他身体的破屋子
暮色降临
我的祈祷十万火急

王俊才

山西灵石人。现供职于灵石文联，系山西省作家协会会员、《汾河》主编。主要作品有诗集《孤旅》《遥远的乡村》《农谚里的麦子》，长篇小说《静升王》《桃柳坡》等。

秋日书

哪里也不想去了，让我就守住这片山水
静静地坐一会儿——

面对越来越低矮的乡村，面对越来越清浅的溪流
我要尽量做到不回忆、不眺望
不对着身旁这一大片正在消瘦的小花，说感伤

万物要衰败，就让它哀败
群鸟要飞走，就让它飞走

不远处，秋风正在轻轻翻动枯黄的草叶
一会儿，广袤的原野又要随着暮色
渐渐归于寂静

韦忍

八〇后诗人，有组诗刊发于《诗刊》《山花》等，入选《中国年度诗歌》《中国青年诗人作品选》等。

只有在回忆中，才能重逢许多旧事

李满栓重新回到旧事中
牵着牛，肩扛锄头，笑眯眯的样子
与生前毫无二致
篾匠赵德发的手艺好，从不跟人讨价还价
驼背的姚福贵晚年丧子，腰身佝偻
与地面近乎直角
陶小妹打猪草时，发辫间总别有一朵
小小的野菊花
小小的青涩，一览无遗
矮瘦的李二狗，我已记不清细致的模样了
但他那古怪的公鸭嗓子，有几回
还真得把我的梦给吵醒了……

只有在回忆中，才能重逢许多旧事
一些人早已在时间上游的某个地方
悄然隐居，不声不响
他们曾是我的近邻、发小、亲戚或是同学
如今，又在我笔下的文字间
一一出现并复活
一个个脸色红润，具体而又生动

杨骥

江苏省作家协会会员，现居南京。当代诗人。先后在《人民文学》《诗刊》等发表诗歌作品逾千首（篇），著有诗集《杨骥诗选》等三部。

无风，或有树叶颤动

有一些阳光恰好在窗外经过
有一些鸟鸣无意惊动了风的影子

有一些于曲径处客居的青苔
自洪荒出发，一直行吟至今

被黑暗抽取骨头的人
已模糊为一堆腐臭之物

一只鹰隼掠过了雪域和高原
一只蚂蚁从草丛间爬过

“你从哪里来？要到哪里去？”
这一人高马大之物，向我发出千年之问

杨丕梁

山西省作家协会会员、晋中市作家协会副主席。出版有诗集《飞翔的叶子》、散文集《心弦上的眺望》。

博物馆旧事

我在树荫处遇见的古人
他们的影子挂在树上，风吹不动
抬头仰望时，有太阳撒下
地上的影子或许会穿越
至秦朝，至汉朝，至任何的角落

都会踩到瓦片。青瓦是
而立之年的骨头，硬和脆的正反面
会刻着文字，是一篇记叙文
会被当作考古材料摆在案头
临摹之人在研好墨
写下的是太阳背面的时间

毕亮

1985 年生于安徽桐城，现居伊犁。中国作家协会会员。曾获第四届紫金 · 人民文学之星散文奖。

第Ⅳ辑

巨蟹星·协洽星

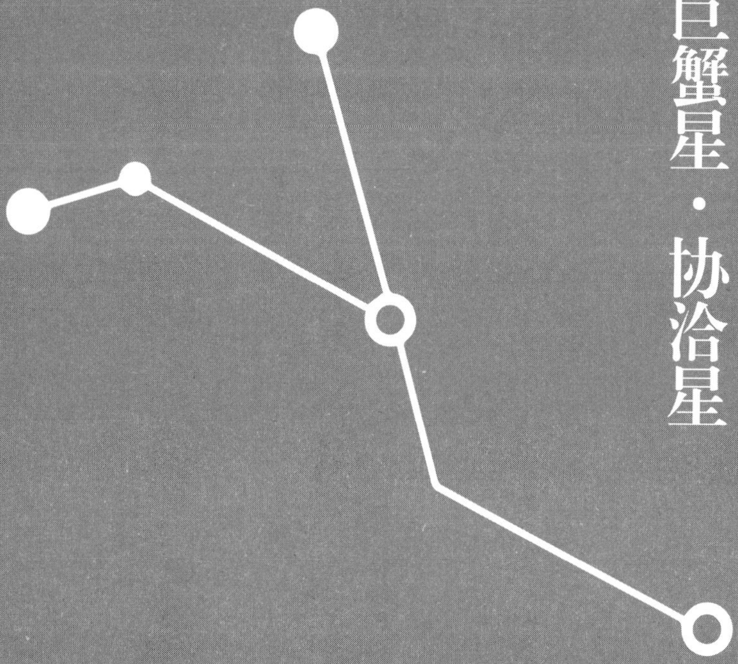

6—7
月

我应该把你比作什么植物

我应该把你比作什么植物呢?
比作雪莲花?比作小甘菊,还是花苜蓿?
你纯然的蓝色,纯然的黑色
纯然的白,你比聚花风铃草还要坚韧
比刺头菊还要热烈
比异子蓬还要明亮
比柳兰还容易成活,容易被我所照看

我应该把你比作什么植物呢?
比作高山龙胆?比作戟叶鹅绒藤,还是五福花?
你热烈的舞姿,清新的歌喉
美丽的顾盼,你比天山翠雀花还要骄傲
比麻叶荨麻还要难以接近
比腺齿蔷薇还要精致
比野草莓还要亲切,耐心地被我照看

我应该把你比作什么植物呢?
比作中亚天仙子?比作天山羽衣草,还是毛蕊花?
你洁净的梦,被黑色的乌云笼罩
你单纯的红,比山蚂蚱草还要柔软
比簇花芹还要稳固
比裂叶山楂还要醒目
比淡枝沙拐枣还要甜美,并被我采摘

我应该把你比作什么植物呢?
比作小花荆芥?比作黄花软紫草,还是垂
　花青兰?
你遥远的呼唤,一声坚定的期盼
使岩石都松动了,你比丝叶芥还要善良
比耳叶补血草还要实用
比林生顶冰花还要柔媚
比四裂红景天还要葱郁,并成为我的明灯高地

邱华栋

1969年生于新疆,祖籍河南。现任中国作家协会书记处书记。主要作品有长篇小说《夜晚的诺言》《白昼的躁动》《正午的供词》《花儿与黎明》《教授的黄昏》《单筒望远镜》《骑飞鱼的人》《贾奈达之城》《时间的囚徒》《长生》等。

空山

空山之空取决于你的孤独
取决于在你之前山里曾经有的人
取决于春天的白色气流从山谷的
哪一侧上升，秋天的黄色气流
从山谷的哪一侧下降
更取决于此时，你从哪个位置望气
甚至裹着苍苔的石头
坠入谷底所需要的时间

而时间的回声会把山谷突然推开
展示出山后的山，山外的山
展示出雨滴落在山前山后的透明的慢
水面平阔处一只大鸟起飞前的沉重的慢
和你的目光从深远向高远的起飞

至于晨昏的烟岚和桌案上的薰香
至于你画了一半的屏风，只有起首的信
山外平畴，交错的阡陌和远风
都可以暂时交给某种
想念一位朋友，而又不想谋面的心情

马永波

1964 年生，文艺学博士后，《汉语地域诗歌年鉴》主编。1986 年起发表评论、翻译及文学作品，参加第十一届青春诗会。出版著译《1940 年后的美国诗歌》《1950 年后的美国诗歌》等七十余部。

樱花

从 22 楼望下去
那些樱花像被春天私藏的星云回旋

从 14 楼望下去
它们依然是轻盈的旖旎的
像是要去抚摸天空

后来我在 5 楼观望
那些花朵一层层浓密着
更多了一点集体的蓬勃向上的力量

如果我置身其中
想象中那些花朵也许会簇拥我
阳光躲在枝叶间 像美服里妥帖的针线

在许多年 不同的樱花季
我于同一幢办公大楼的不同位置
看同一片樱花
我没有良多感慨
也绝不是熟视无睹的那一个

荣荣

本名褚佩荣，1964 年出生于宁波。新世纪十佳青年女诗人，现为《文学港》杂志社主编、宁波市作家协会主席、浙江省作协副主席。出版过多部诗集及散文随笔集等，参加第十届青春诗会，曾获首届徐志摩诗歌节青年诗人奖、第五届华文青年诗人奖、2013 年度《人民文学》诗歌奖等。诗集《看见》获第四届鲁迅文学奖。

信仰

我看见渡船了，不在水中，也不在岸边
它在沙漠，在无边无际的夜里
我看见候鸟的翅膀闪着蓝色火焰，从冬天折回秋天
它们空腹着，一无所获
它们飞过了九月的头顶，向天空追讨最后一线生机

我的心突然下沉
因为我看见了阴影，飞翔的阴影，已经奄奄一息

只要有风吹过那片牧场，我就会觉得眼前一片光明
我就可以歌唱，可以欢呼
可以像孩子一样手舞足蹈
我在辽阔的草甸仰望云朵，云朵下仍然活着的羊群
这是令人欣慰的景象，也是一年里最好的消息

那么我还希望能够遇到这样一些人，他们筚路蓝缕
他们风尘仆仆，四处迁徙
他们衣衫不整，但是脸上舒展笑靥
我坚信，他们是手执信仰的人
信仰被点燃成篝火，被一种力量托举成高高的星辰

荣斌

壮族，中国作家协会会员。1988 年开始发表文学作品，出版《面对枪口》《卸下伪装》等。

他们收割了一万年的阳光

该遗忘的，早已经遗忘
我的血液，我的家乡我千年的姓氏
那些被反复肢解的时光，就像
体内被割掉的器官

今天，我没有权力遗忘
今天只属于亡灵，他们是时间的审判者
那些细节，染红喜马拉雅山的雪峰
他们提升了今天的海拔

他们从废墟里探出头来
黑洞洞的眼眶，命令钢铁重新回到钢炉
命令一条古老的河流，从此
倒挂在天上

他们让时间哑口无言
让每一天，都变成了时间的赝品
他们躺在地下，他们收割了
一万年的阳光

南鸥

本名王军，贵州贵阳人。诗人、批评家。中国作家协会会员、贵州省作家协会主席团委员；贵州省诗歌学会会长、贵州省新诗研究中心主任、中国诗歌流派网副总编辑；百年新诗大型纪念专题《世纪访谈》《肖像的光芒》主持、总撰稿。

中年之痛

他忧郁的脸庞突然被下午的阳光照亮。
目光里的远方，似有一个人向他走来，
大路上人来人往，树木的影子正好遮挡了马车的辕条。

风尘之上，闪动着唢呐里的坡梁。
苍老已经容不下心中富足的江山，
他需要踮起脚尖才能望见近处的残垣断壁。
整个中年是其中短暂的一小段，记忆力衰退，
而远方的沟壑在心中愈加清晰。

一个念念有词的人，沉浸在远方的山水间，
他身体里的祖国，有无边无际的草根。
完美已是虚拟，破碎仍是记忆。

雷霆

当代诗人。中国作家协会会员、山西省作家协会诗歌专业委员会副主任。曾参加第十二届青春诗会。出版诗集《大地歌谣》《官道梁诗篇》《我的官道梁》等。

整个世界都是吉祥的颜色

这是人间仙境吗?
神赋予了它最美的抒情
一粒又一粒的尘埃
落在这片最干净的人间
众神找到了庙宇，我找到了月光的华服
晶莹的白照耀着这个世界
世上没有一样事物能与之媲美
我的影子落在它的身后
每经过一次内心就会明亮一些
纯洁的天穹之光闪烁在我的头顶
当我置身于这致命之美
一切才刚刚开始颤动
——这有些咸涩的抒情
将带我进入另一个梦幻之境
我的心如同年轻的太阳
于茶卡的美景中我们拥抱或是凝望

三色堇

本名郑萍，山东人。中国作家协会会员、陕西省文学院签约作家、中国作家在线签约作家。有作品散见于《人民文学》《北京文学》等，入选多种选本。出版诗集《南方的痕迹》、散文诗诗集《悸动》等。

格根塔拉

我从昨日的梦里走来
带着忐忑和羞涩
和你相约在那片湛蓝与洁白

你的语言是这风的柔软轻快
我的头发和睫毛还有心跳
被征服在
昭君目光般美丽的绿海

我把酒杯举过额头
草香和琴声还有呼麦
暗恋的是敖包的礼拜

格根塔拉
我带着魏晋风骨与你相约
你文身了我的相思
烙印了我眷恋的情怀

陈相国

北京市海淀区作家协会理事、副秘书长。著有诗集《另一种飞行》。

四月，应州木塔

我不会高过一座木塔。
或者，应该这样描述：我
永远不会高过应州的木塔。
高不过它的沧桑
高不过
它的云心、佛胆。
这是四月，这是梨花刚刚绽放的一天
我远远地望着木塔
我想把目光放在它的顶部
仿佛天空，一尘不染。

崔万福

1968 年生，山西朔州人。中国诗歌学会会员、山西省作家协会会员、朔州城区作家协会副主席兼秘书长。在全国各大报刊发表作品一千多篇，出版散文集《生命的跋涉》，诗集《春耕酒》《足音》等。现为《新诗刊》主编。

喜鹊

秋天的喜鹊站上快要落光叶子的白杨枝头
它用粗嗓门不停地对着我大声叫
就像从前，一群熟悉我的大喜鹊、小喜鹊
反复飞过村庄的屋顶
从这棵树到那棵树，它们追着我的脚步
正如我跟我的伙伴们，在秋天，在父母的土地上
所看到的那样
就像在海上，南十字星悬在南半球水手的头顶
北斗星悬在北半球水手的头顶
为地球上所有迷失的船只指引回家的方向

韩文戈

1964 年生，冀东燕山人。出版诗集《吉祥的村庄》等。

在簸箕湾

向阳的簸箕湾
不会拐弯的西北风是刮不进去的

后沟里有一眼泉水
早晨和黄昏
驮水的毛驴听着对面的铃铛让路

村里的老人说
簸箕湾风水好
前山像一只蹲着的猫
清朝的鼠疫也没敢进来
村里的老人还说
穷也是福啊
万恶透顶的民国土匪
路过簸箕湾看也不看一眼

在崖壁上剥落的一幅
“阶级文化大革命到底”的标语前
我的眼睛久久转动不了
湾里一棵五个人搂不住的老榆树
不知从哪个原始森林幸运走出
年年还在往高长

我要走了
谁家窑洞突然传来
奴妈妈生奴一枝花
为什么嫁……

霍竹山

中国作家协会会员，陕西省作家协会理事。
著有诗集《兰花花》、散文集《聊瞭陕北》、
长篇小说《野人河》等。

桃花

我确信你
仍然是住在一场风
的内部，那些花瓣并没有在坠落
枝头上都是水源
春天的风在拨动，一棵棵桃树的暗疾

蜜蜂用一个缝衣针的借口
你用着一把没有裂口的剪刀
春天到处都是利器
我没有看过一朵表示静止的桃花

我从没有看过
静止的一朵桃花
这么柔肠百结，像翻涌的袖口
实在是欠缺了安慰

林非夜

本名林丽如，广东潮州人。有作品发表于各类刊物。

爱上垃圾

每天早晨醒来
我都会带上一些垃圾
下楼。我小心翼翼，爱不释手

果皮、纸、食品袋、玻璃等
混合在一起，如此熟悉
所有垃圾的原形
变得珍贵无比

我感觉我拎着一些
破旧的自己，日复一日
又年复一年
就这样，我始终认为
我的垃圾去了它们该去的地方

就像那些漂亮的女人
无影无踪

马慧聪

1984 年生，陕北神木县人。中国作家协会会员。陕西省作家协会理事，陕西省“百优人才”。2000 年提出“绿色文学”理念。出版诗集《人模树样》《渴望》等。现为《延河》下半月刊执行主编。

雨夜，双河客栈

雨，在溶洞朗诵会后到来
那时我们已经从高耸的天庭重返了人间
诗人是上天宠爱、庇护的孩子
再一次被印证

细雨拍打着我喜爱的芭蕉、银杏、珙桐
红豆杉、鹅掌楸，也滋润着银莲花、三角梅
新月蕨、黄金菊……
双河客栈，被浸润在水雾里
我撑着伞，逐级而下又拾级而上
在青石上，揣摩雨的节奏

我爱极了这夜色空蒙，群山拥抱的双河客栈
它是那么婉丽、绰约
灯火闪烁中，醒着的、睡去的
都已在温馨的摇篮中

我看见双河客栈在雨中轻轻晃动
那温情的双手、肌肤的香醇，天神啊
是多么慈爱
我在河的对岸，眺望彼岸
看人间灯火却也是天堂精妙

寂静、空蒙，席卷着万物强大的气息
我与一只淡黄花文身的蝴蝶相遇，它扑打着
　双翼
围着我转，飞到了我停住的脚上
又旋转——
我诵经，它飞回安全的草丛

娜仁琪琪格

诗人、编辑，蒙古族，辽宁朝阳人。中国作家协会会员。曾任《中国校园文学》杂志社执行主编、《诗刊》编辑。现为大型女性诗歌丛刊《诗歌风赏》主编。参加第二十二届青春诗会。诗集《在时光的鳞片上》入选《21世纪文学之星丛书》（2010 年卷）。

朱漆大门

深夜归来银杏泛出孩子般的光亮
它尚未百岁，很老也很蓬勃
活着的化石疗治经络堵塞的疼痛
北京城里每一棵大树都遒劲
与根系深处的土地异曲同工

作为理性多于感性的一小部分人
感觉林立的楼宇比林立的树木更美
在夜晚来临后睁开九十九双眼睛
每一个角度，都是不同的光景
此刻我在国子监大街走过

这朱漆大门并不终日虚掩和清冷
院落里可以容纳花鸟虫鱼，各自生长
肤色各异的人操着不同口音
都被一座方正的城池所接纳和怀抱

打开大门的古老宅院葆有旧气息
也繁衍着西装革履的脚步匆匆
每一步，都是摩肩接踵的繁华
新品种的草木，同样在老胡同里发芽开花

漆宇勤

1981年生，中国作家协会会员。在《诗刊》《星星》等刊物发表诗歌。出版《靠山而居》《另起一行》等。

因为文字的缘故

槐花香透黄昏时
我们欢聚在一起
开始大碗的喝酒
这是我们曾经的许诺
洁白的诱惑
从不把季节错过
街边的小酒馆
要一碗丸子，一碗炖牛肉
伴着月色，简单的祝福
开始一醉
皆是文字的缘分
胜过一生中无数次交往的言语
老哥呀，我们就这样真实地活着
写我们真实的东西
花香里，酒碗里
有着又远又近的家

白恩杰

山西省作家协会会员。作品散见于《诗刊》《诗选刊》等。曾获得2014年度山西十佳诗人、《现代青年》2017年度优秀诗人等。著有长篇小说《趟过胸膛的女人》、诗集《滴水有声》等。现为《昆仑山》副主编、《天涯诗刊》主编。

荷兰的麦田

如果你不喜欢凡·高就不要走进荷兰的麦田
如果你不喜欢乌鸦就不要走进星夜的咖啡馆
阿尔的太阳照耀着一万棵向日葵默默转向西方
我对画家说：“贫穷与善良会限制你的想象”

只有神经病才能调出的色彩涂满荷兰的天空
凡·高在 1879 年 7 月对着表姐凯·沃斯蠢蠢欲动
凯·沃斯拒绝了他如同女邻居贝格曼遭到他拒绝
这些吃瓜女人因为凡·高稀里糊涂地载入了史册

阿姆斯特丹的海风吹动荷兰不再实用的风车
你在巴黎的日光下邂逅印象派的莫奈和毕沙罗
你沉默寡言地割下一小块耳朵那你肯定有病
你在“黄房子”里不该留宿想捞一把的高更

我多想也有个提奥在黑夜聆听我对装逼的见解
多想在死后我的一幅小画可以买下整个银河
我掰着手指头细数穿过你红发无法挽回的星辰
那一声枪响猛然让我想起我已活到你的 37 岁

盛华厚

1982 年生于山东夏津县。著有诗集《默读》、诗画集《拉萨女神》。曾获“2018 中欧文化交流十佳艺术家”荣誉称号。

午后东山岭

山风忽东忽西地吹着。在东山岭，
一切都忽然静止了下来。比如水流于此
突然折返了身子。比如云朵缓慢，树木庄严。
比如风筝和蝴蝶都自有去向，一只麻雀飞过，
过一会儿又飞回了原点。

我在山间走着，有时停留一会儿。
微风里的田野将绿浩浩荡荡地散落一片，
湖水用云朵轻轻擦洗着身子。一座山，首先
属于土地，其次是对时间无限的接近。
阳光正好，山脊、植物和我平分着光阴。

寺前的红丝带在捕捉着风。古树下是大片凉荫。
我无所期待，只是静静地坐在那里。时光的轮回
总有小小的悲悯。人们生活得多么用力，又多么
虚张声势。一株草怔了许久，在若有似无的风里。
在这个下午，我和它一样，属于沉默又迟缓的木性。

苏笑嫣

蒙古族名慕玺雅，九〇后诗人、作家，中国作家协会会员。作品曾在《人民文学》《诗刊》等发表。出版有诗集《脊背上的花》等。

我是大海活着的另一部分

我接受了我衰老的白发
如同接受枯叶落地时的安详
我并不排斥命运的脚步
在一旁窥视
看我收拢泛黄的微光

我在时光中虚拟了大海
虚拟了浪花和粮食
光阴这艘大船，还不时出海打鱼
偶有收获，偶有遗憾

我知道遗憾本身
只是蝴蝶梦归于沧海
是草原在春天情节上复活的花事
我在想今夕本身
是虚幻，还是呈现万物在场的意义

我习惯把某个场景虚拟成真实
并且感受到事物的脉象
我对一群少女说
我已不是做梦的年龄了
可我依然活在梦里

我知道我是大海活着的另一部分
释放浪花、友情和袭身的光芒
可我错误地把时间托付流水
而提前丢失的光阴
一直藏有致命伤

素心

内蒙古作家协会会员、中国诗歌学会会员，
作品散见于《星星》《草原》等。

夏天最美的画面

甜桔梗露出尖尖的角，
碧绿的蜻蜓立上头。
小巷细雨里的情种，
明亮的琴声婉转悠扬。

夏令之时，
那些属于江南的梦湾，
静静的一缕情丝，
像弯弯般的小溪，落满胸膛。

一朵白云，动静漂浮，
一池浅绿的水草，
恰似一个夏天里最美的画面，
在碧水间与青蛙嬉戏与打闹。

那一片喜爱的净土，
藏有小巷里江南的神秘，
拥有宁静的荡漾，花香也芬芳着，
带我闯入一个静谧幽深的星夜。

我把心思放开！
野游着，璀璨的光划分小溪与星辰，
只在那一刹那间，
情致缠绵，烟雨江南迷醉心田！

唐曦兰

来自俄罗斯，浙江理工大学艺术学理论专业留学生。

在高处提灯的人

在高处提灯的人
他脚下是漆黑的一团
高灯远亮
灯被高高举过了头顶
像提着月亮，在我们上方
它弱小的光照着前路
许多年来，我一直心安理得地受用
没有星星的夜晚
他手里小小的萤火
就是月亮的碎片
一把除疾的弯刀
在人间遇见了我
我有时甚至怀疑过她的薄凉
直到有一天，我老到足可以怀旧
才懂得，要和生活的经验和解
是一件多么不易的事
“抬头三尺有神明”
当我接过这盏灯
心里却在想着弯刀
五步杀一人

杨北城

祖籍江西南康，生于黑龙江。出版诗集《皈依之路》《倾斜》《暮色将至》，主编《二十一世纪江西诗歌精选》。

起风时朝南山望上一眼

起风时，朝南山方向望上一眼
年头一久就成了习惯
东南风来是这样，西北风去也是这样

只要凤凰山在那里
平原就不会被吹动，姚家堡
是一方血色的印记，深刻在这块土地上

凤凰山，九岁时的高度，十四岁的远方
曾经的声声长啸，早就荒芜了
现在它是我最长的沉默

几年前，把先人和父亲的骨骸
收到了山下，额头亲吻黄土的刹那
我学会了低头行走

一粒灰尘爱上一座山
安顿了漂泊托付了生死，还有什么呢
这时，我正在把目光投向那里

姚宏伟

山西太谷人，山西省作家协会会员。诗歌、诗歌评论见于《解放军报》《诗刊》《十月》等。著有诗集《内心的江湖》《倒飞的鸽子》。

归路月黄昏

兄弟，我一直都无法转述
你眼里升起或湮没的事物。
只是在电话这头，把每次聆听都当作你情感的
一次圆缺。
自小离家，生活与你步步为营。
你的依恋是：在最深的夜
为亲人缩起的，一团小皎洁。
你的归心是：刚刚到不惑，就急着想象
一回，归根。
每次你一说，我就好像看到
远处，你正披着一只被你豢养了多年的月亮
不停脚地，朝故乡赶来……

荫丽娟

1971 年生于山西省太原市。中国诗歌学会会员，山西省作家协会会员。作品见于《诗刊》《诗选刊》《中国诗歌》等。出版诗集《那年那雪》《眉间书》。

城南

游人纷至沓来，看桃花，赏柳
一条溪如此蜿蜒的样子，足够使人怀想
感叹之后，抬头见天，是变幻的云影
再次迭现。前溪桥犹在
一辆马车载上时光，也可以
搭乘我的一些记忆，经过坊下街
那些古旧的门楣可以穿越
苔藓的深处可以穿越
车轮压不住瓦砾的尖叫
我沉浸在它的沮丧里面
我甚至怀疑，它的破碎是一曲感伤的歌

起风了，这是需要一个人孤单的下午
天空的雨滴，落在人家寂静的屋檐
坊下街是否还要这样落寞下去
院子里的一株榆钱，横出三两枝新叶
被风吹着，已有时日
但我知道，城外的桃花都已开了
我孤独的步履，带着新鲜的泥土
再过几天，将被接踵而来的青草
和鸟鸣填上

若水

浙江省作家协会会员。在《诗潮》《诗选刊》等发表诗歌作品。

在雨声中醒来

在雨声中醒来
在雨声中想起是礼拜日
在雨声中接受上帝赐予的幸福
它总是意外降临，如果你继续躺在床上
就会觉得受之有愧

在雨声中打开窗户你要拥抱飘进来的
雨雾雨气和雨意，它们代表一场
完美的夏天的雨，向穷人致以清凉的慰问

在雨声中昨夜的伤神奇愈合
窗外一大片槐树和银杏闪着绿色波光
需要定期清理尘埃，特别是蒙尘的人心

在雨声中布老虎瞪着清亮的眼睛虎视眈眈
在雨声中一把椅子在等待一个人
在雨声中一张床在做一个梦

在雨声中
渐渐有了鸟鸣，人声，马达声

有一些东西像植物们淋雨后的快乐
在雨声中醒来

弱水

本名陈彬，山西泽州人，现居北京。著有诗集《在时间里》，散文随笔集《黑白盛开》《如果你叩我的门》。

第V辑

狮子星·敦戕星

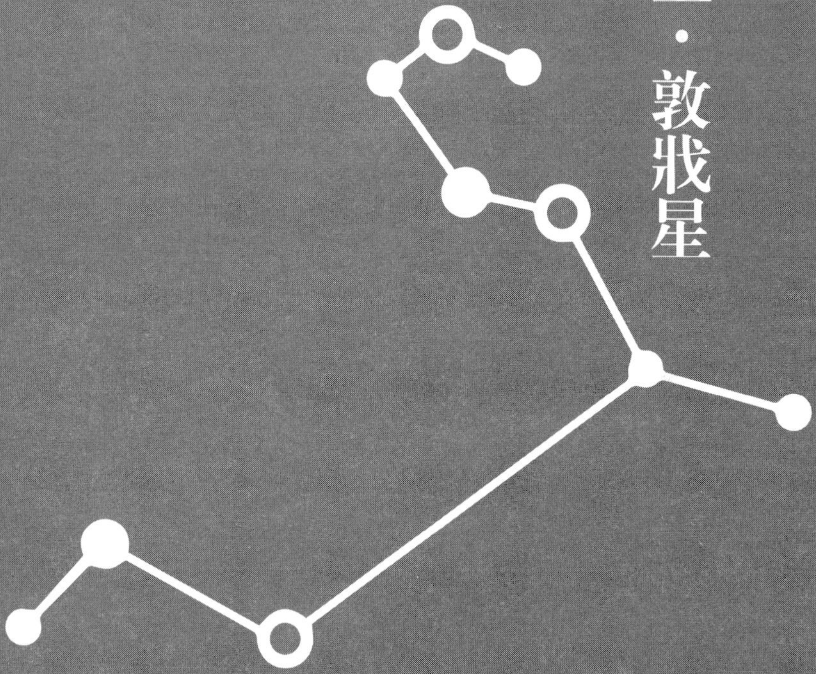

7—8月

咏春调

我母亲从来没有穿过花衣服
这是不是意味着
她从来就没有快乐过?
春天来了，但是最后一个春天
我背着她从医院回家
在屋后的小路上
她曾附在我耳边幽幽地说道：
“儿啊，我死后一定不让你梦到我
免得你害怕。我很知足，我很幸福。”
十八年来，每当冬去春来
我都会想起那天下午
我背着不幸的母亲走
在开满鲜花的路上
一边走一边哭

张执浩

1965 年生于湖北荆门，现为武汉市文联专业作家、《汉诗》主编、湖北省作家协会副主席。主要作品有诗集《苦于赞美》等，另著有长中短篇小说集和随笔集多部。曾获鲁迅文学奖、华语文学传媒大奖、人民文学奖等。

藏剑

新办公室的一角
放个一米多高的仿古花架
摆了盆兰花
兰花长得俊朗飘逸
与花架浑然一体
原来挂在书柜上的宝剑
我把它摘了下来
抽出剑身一看
发出月亮照在雪地上的光
我不能再把剑
明晃晃地挂在书柜上了
要严严实实地藏到兰花后面
除了我
没有人能看出
斯文的兰花后面
有一柄装满寒风的利刃

商震

1960 年生于辽宁省营口市。曾任《人民文学》副主编、《诗刊》副主编，现任职于作家出版社。已出版诗集《大漠孤烟》《无序排队》及随笔集《三余堂散记》等。

红水谣

大多数人死在来的路上
大多数的岸，他们都没有看到
两个和弦就锁定
一生的承诺，半辈子的情缘
红水河，红水河
四下无人，允许我
舀一碗水当酒喝

正午是最没有出息的正午
阳光和雨，任意用手摸
山和水，太纯粹了
山不是山，水不是水
男和女，太露骨了
男不是男，女不是女
没有人会像我
站在岸边，让缘分悲伤成河

水堆积而成的，水必将带走
凡是有备而来的，必将原路返回
红水河，红水河
那么多死去的人我都认识
还在乎什么爱我恨我
猫喜欢鱼，就给它鱼
松鼠喜欢坚果，就给它坚果
我两行清泪，一意孤行
仅仅为了表明，我曾经来过

阿诺阿布

彝族，诗人、作家。三色桥（北京）文化发展有限公司艺术总监。

西山

西山隐身于一座城池巨大的阴影里。
即使拆除了楼顶之物，露出天际线，

城，仍不容山，高出的部分。何况西山。
必将被忌惮，被屏蔽，必将不得善终，终日

为雾霾笼罩。咳嗽。咳出一百年的
兵荒马乱。西山人营。末将在。遵命。喳——

晴朗昂贵。是西山的奢侈品。需要牺牲。
那么，就跪请一个理由，为献祭计吧。

依山傍水。自古安宅上选。依山之城有福
山，未必有。功高盖主。老臣知罪了。

西山无峰。无头。只在一洼地，哮喘。
不能打倒，不能删除的，恭请忽略。忘记。

王桂林

诗人，中国作家协会会员。著有诗集《草叶上的海》《变幻的河水》等和随笔集《自己的池塘》多部。

水下的荷藕

一半的荷花伸出水面　花蕊上挂着
湿漉漉的《圣经》　一半的荷藕留在水下
黑泥掩埋着　相思
多少水下的荷藕　永远洗不干净身世
从浑浑噩噩到黑暗无边　多少荷藕走不出 这花开的距离
多少荷藕不能成名

风和名利呼啸而过　阳光从头顶奔跑过去
在南方炙热的春天　预谋金色的叹息
波涛弹跳　歌声滚动　这个春天上下起伏
头顶彩云的荷藕　弯弯曲曲的根系　紧紧抓着一池的寂寞
晶莹的泪水　把动人的青春　簌簌震落
水下的荷藕一生的梦想　是爬到岸上　用暖阳翻晒光阴

夜从水面上一直延伸　藕面上的污泥　掠夺了荷藕生命最后的交响
往来的季节撞上过路的浮云
一生追求光明而深陷泥潭　灵魂遭到黑暗的蹂躏
是谁绑架了水下荷藕的
明媚与纯净

唐成茂

文学创作一级，中国作家协会会员，中国诗歌学会理事。中国诗歌报刊联盟轮值主席。《中国诗神》月刊主编、《中国诗人》杂志主编。四川省传媒大学客座教授，广东省外语外贸大学创意写作导师。出版十一部文学专著。

德令哈的月亮

德令哈的月亮
让我想起了海子苍白的面庞，今夜
月亮不像妹妹的肤色
也不像姐姐的乳房
月亮明朗而哀伤

望着天空我想到更高更大的天空
和天空以外更高更大的宇宙
也许，海子现在
就住在那里，放弃幸福
高悬痛苦

远方已经凝聚在一片野花中
我的嘴唇，第一次
拥有这么沉重的月光，我的心上有十二只
瞎过的鸟，一齐睁开眼睛
“许许多多的告别被你照耀”

我想像你在月光中怅望祁连山
那里是星宿、刀、灯火
你终身躲避不了的狂风、大雪、飞沙走石
打得你茫然回顾
突然发问：“明天醒来我会在哪一只鞋子里”

你沉重的骨骼也能做梦
但你能真正看到“天堂的桌子，摆在田野”吗
你能真正“面朝大海，春暖花开”吗
你只能沉睡，沉睡
沉睡在冰冷的铁轨和你留下的诗中

德令哈的月亮，不是我的月亮
但它今夜
多了我的月光，不会
被深深埋在地下

唐诗

中国作家协会会员、《中国当代诗歌导读》主编、《中国年度优秀诗歌》主编。出版诗集《走向那棵树》等。诗作翻译成十余种文字，入选大学教材。参加第二十三届青春诗会。荣获“中国十大杰出青年诗人”“国际最佳诗人”称号。

夏牧场的夜晚

夜晚多么安静，像沉淀过的湖水
清亮见底。
雪水河没有杂质
像柔软的丝绸，从夜里向北
滑过巨石。
牧场也是，除了牛羊的粪便
也没有杂质。
我不停地仰望，星影闪烁的苍穹
牧羊犬也是，它抬起头
做出很陶醉的样子。
山野花要在晌午开放，雨水跑过屋顶
传来噼啪声。这时
适合将文字过秤，将杂质清除
适合听见，牲畜夜晚的交尾
也适合描述
我心安理得中的睡眠，适合醒来
面对满山，花儿正开。

杜成峰

裕固族，又名杜曼·扎斯达尔。作品在《诗刊》《民族文学》《扬子江》等发表。现为中国少数民族作家学会会员。

祈祷词

穿过矮桉树与一片荒芜之地，我是蜿蜒的河流，
　十分地疲惫
天空中的鹰收拢了翅膀，像偌大的铅块，有随
　时坠落的可能
就在我变老，变得迟缓，有一大群人在消失，
　他们
于昨天的夜晚就开始消失了脸庞、肩胛和膝盖
他们，不愿意带着我继续行走
我现停顿在黎明，知道如何去博得良好的声誉了
“赞美已经没有苦难的人们”
我剔除了汉语中的阴影部分
所有消失的人都能够再干干净净地转回身子来。

樊子

1967年出生，安徽寿县人，现居深圳。《诗歌月刊》编辑，深圳前海美术馆馆长。著作若干。

微山湖

微山湖，遗落人间的一面最美的镜子
我用一生在这里相爱
用时间酿酒，用春风作画

透明的风仿佛村庄铺开的宣纸
我的每一粒汉字，在村庄里
有了行云流水的愿望

油菜花开的故乡，腰缠玉带
河流运来水草的诗韵
两岸春光和延绵的灯火有了新的律动

芦苇飘摇，我与明月对坐
从琴师的手指间跳跃出来的音符
是白鹭和仙鹤送来的诗

河流带动故乡，在水上滑翔
我的诗是写给内心的歌
和星辰一起闪烁，在了无人迹的旷野

在被黑夜推远的背景里
月光，送来了水，风吹镜子中的幻象
只有我，还在灯盏里捕捉意象

即使在梦里，我也会捉住它
捂紧一颗沸腾的荒芜的心
如同抓住李白的酒杯，锦绣的文章

黑马

1977 年生，中国作家协会会员，江苏省作家协会签约作家，沛县作家协会副主席。著有诗集《苏北记》《寻隐者》，散文诗集《大风》《乡土辞典》，诗学随笔《诗是一场艳遇》。

忧思抓住了我

忧思抓住了我
走起路来趺趺绊绊。

灰鹤爱上了清唱
晨光在树林中抛出曲线。

我并不是那个为众人抱薪的人
却在惊颤中度过每一天。

史书一页页翻过
盛怒的皇帝杀人如麻。

恕我老眼昏花，看不到未来
甚至在人间也会迷路。

幸好我还有儿童的眼神
幸好我还存有一座富饶的粮仓。

让音乐漫过回忆
让汽油、花香和酒精弥漫在空气中。

而警察、医生，初恋男友
最好这辈子都不要再见。

李南

1964 年生于青海。1983 年开始写诗，作品被收入国内外多种选本。出版诗集《妥协之歌》。

在黄埔军校旧址

那么近
这些伸手就可以握住的白云
从地板上弹了起来
变成民国的秋千

画中那个翩翩少年
从墙上走下来
而我，却逆着他的方向
走进那风云动荡之中
替他读书、打仗、给爱人写信
并代替他
死在异邦

那些我代替不了的
它们多么安静
譬如从小叶榕叶子缝隙里
漏下来的光阴
譬如你们
遗留在人间的爱情

陵少

本名任善武，诗人，1974 年生，中国自然资源作家协会驻会作家，湖北省作家协会会员，垄上花开文学沙龙创始人之一，《垄上诗荟》栏目主持人。

九月，空山未满

不能用“微醺”“轻骑马”这样的字眼了
中秋月好，白露未央
沽酒摆局，进入某一座空山
喊月儿从树梢下来，对饮成三人
大喝特喝，不可停下——
认山河沟渠为兄弟，认花鸟鱼虫作姐妹
醉得狠了，也可破口大骂
江山肃穆，好人和恶人全都听见
若有回音，那是各自的检讨

我们还有秋半生不熟
果实撑破皮尚有路途要赶
不近的渐近，近的是蝉鸣掀下夜幕
九月仍然孤悬，它庇护星空之下
一场答谢晚宴才刚中途，空山未满
红尘仍是滚滚。你要原谅——
我行迹疯魔，我半瓶犹疑
我泪流无法止于风月

鲁橹

先后在《十月》《人民文学》《诗刊》《绿风》《星星》等发表作品，参加第十四届《散文诗》笔会。

初雪十四行

二十八日，初雪
竹枝质押在铁栏内
我漫在干冷的云盘中路
龙爪槐伏在灯影里
不需要刻意地翻阅回忆
当一片银杏叶遮住我
探向自己清浅的眼睛
一块红布正被时间风干
干涸的沙漠头顶幻映
指针慵懒而拙劣的三年
在你的内部行走的同时
也不断地自行销毁痕迹
夜晚从脚底升起之时
每片雪花都将被亲吻

马青虹

1993 年生于四川平武，四川省作家协会会员，民间诗刊《在流浪》主编。主要在《诗刊》《民族文学》等发表作品。

故乡

我不说：
月亮渐圆的晚上
故乡就近了
也不说：
紫地丁开遍的春天
就是故乡……
每个人的一生
都有两个故乡
一个在梦里，
一个在路上。

孙大梅

中国作家协会会员，曾任沈阳市文学院专业作家。出版诗集《白天鹅》《失落的回声》《远方的蝴蝶》及散文诗集《最后的玫瑰》等。

说说泥土吧

我一直把自己喻成那些被翻过来覆过去的泥土
略含粪便的味、野草的味，染一身黄
覆盖过种子、石子、河流，覆盖过我的亲人
传递过他们的音讯。事实上我就是乡音的使者
说着土得掉渣的话，做着底层的农活

多年以前，我也和身边的麻雀一样
在田野里疯狂，在庄稼上舞蹈
现在只能品尝化肥、农药、灭草剂和荒芜
每一次冷风细雨，我的皮肤就苍白一次
每一次杂草的成长与衰落，我就掩埋生锈的锄头

我常以为自己马上老去，忍不住挣扎着身躯
加紧对世间的留恋，珍惜每一场演出
坐在门前的洋槐树下，抚摸剩余的时光
一声不吭，即便寥寥行人路过
我还是一次次喊出乡音，与他们对着暗号
对不上的我把他们看作朋友
对上的是我的亲人，他们还在种植着庄稼

多年以后，他们也会泪流满面
一遍遍出卖踪迹，在我的躯体上掘土，挖坑
过着平淡的一生，埋下在人间的部分

孙梧

本名孙晓蒙，山东蒙阴人，七〇后诗人、作家，《诗民刊》主编。诗歌曾入选多个年度选本，出版诗集《崮乡叙事》《背面》《孙梧诗选》，诗合集《辛卯集》。

茶名：忘言

儿时回家的路
两边有整齐的白杨。
那时候，冬日安静
河口收紧。

年长后就很少回去
一些人事渐渐消失
那些空旷。缩紧脖子的风。

给母亲打电话
问她蒲公英是否有一颗随处安放的心
问她北方的空有多空

母亲啊
河流一念结冰。
直挺的白杨，两三只麻雀下，
一个人就够。

唐依

八〇后诗人。山西省民盟盟员，山西文学院第六届签约作家，山西省城镇协会书画院副秘书长。

雪原

雪落在湖泊上也落在草原上
雪落在牛羊身上
万物被埋在深厚的寂静里
像一场古老而熟悉的安葬

从天上降下的事物
总宽容地触摸着万物
它们在阳光下闪烁 像曾经在夜空里闪烁
它们不区分老去的和新生的
不区分干净的和肮脏的
因此人间消失了一切
风不敢发出声响

这是一场无法解读的预言 但人们习以为常
牛羊寻找食物 草茬干黄
它们把温暖湿润的鼻子埋进积雪里
雾霭浓重 春天冰凉

王静

九〇后诗人，毕业于北京师范大学，现任教于青海师范大学附属中学。青海省作家协会会员。作品散见于《诗歌风尚》《现代青年》等刊物。

鸟语

我怕别人说我美
因为美
我的羽毛
被一根根拔掉
直到我的翅膀
从蓝天里消失
在世上，我还得面对
那些围猎者
不怀好意的目光
在惊恐中，我度过
每个晨昏，说不定
某一时刻就变成
别人嘴中的美食
在那些贪婪的目光中
找不到一丝悲悯

王立世

中国作家协会会员。曾在《诗刊》《中国作家》等国内外报刊发表诗歌一千多首。著有诗集《夹缝里的阳光》等，主编《当代著名汉语诗人诗书画档案》。

午后时光

有光线拉着秋风的手过来
金黄漫向花草，仿若凡·高泼墨

父亲低头捡拾谷穗，旷野铺开
让勤劳的人临写丰收的碑帖

家书和旧址，泛着秋水之光
一群羊模仿圣贤，齐聚在午后

在人间，心安胜过天意
落日浩大，溢出酒杯

王志彦

已在《诗刊》《北京文学》等报刊发表诗歌千余首，出版诗集《像虚词掉进大海》等。

在江南

一步是到不了江南的
哪怕你已落地，双脚
站在了山水边，你走进的
也只是封面。勒口里的简介
尚未读通，这本大书
别提你已读过

在江南，最初
你会觉得和家乡无疑
除了感官的冷暖，满目苍翠
你会觉得家乡好美

当身边传来吴侬软语
你必须拿捏普通话
你又突然觉得，这个家乡
离那个家乡很远
这个家乡在书里，在眼里
在画里。那个家乡在泥里
在土里，在梦里

在风中突然传来的
乡音里

雪鹰

诗人、作家、编辑。安徽淮南人，长淮诗社社长。主编《长淮诗典》《安徽诗人》等。出版诗集《雪鹰之歌》《白露之下》《穿膛的风声》。

三月，在江南

三月的江南　总有着多情的雨
细雨蒙蒙　如烟迷离
笼罩着天　笼罩着地
笼罩着香樟树和马路上的行人

燕子来了　如哨一般穿行
在一棵棵青枝绿叶的香樟树间
于是　便有几片枯叶坠落
如鸟儿褪去的残毛

一夜之间　小草变得葱绿
如初生的婴儿
绽露着鹅黄的笑脸
把初春的大地吻遍

田畔　路旁　总有梅花点点
莹黄与嫣粉
装扮出一个娇羞的春天

三月的江南是石板街水亮的老巷
三月的江南是水墨画蘸湿的烂漫的春天

徐祯霞

笔名秦扬，陕西省柞水县人。中国作家协会会员、中国诗歌学会会员。出版著作《烟雨中的美丽》和《生命是一朵盛开的莲花》。

叫卖

离开家乡以后，她在路边摆摊
叫卖水果、蔬菜，叫卖很慢的早晨与黄昏
所有货物里面，掺杂着
露水、灰尘和皱纹里抠出来的假笑

一场雪掩盖了大地的小伤口，另一场雪
正在匆匆赶来的路上
北风急，鸦雀归巢
她落日般的声音，分不清是在
叫卖冬天，还是兜售余生

周西西

七〇后诗人，浙江海盐人。浙江省作家协会会员。诗作散见于《诗刊》《诗歌月刊》等报刊，另有作品入编诗歌选本，出版诗集《如风吹》。

夕照寺

夕阳落在夕照寺上
夕照寺就红了

红了的还有未吐穗的麦子
刚破壳的雏鸟和隐藏在云朵中的雷声

穿过红墙的木鱼，一点一点地敲，又一点一点地消失
靠近了，就该远离了
这让我想起人群，多少次，我都没有，因错过而回头

申有科

1969 年生，山西和顺人，九三学社社员，作品散见于《诗刊》《诗选刊》等，有两本作品出版。

日暮穷途是我爱去的地方

坦率地说，我没有这种本领
把一块石头修炼成蓝田的玉
把一堆沙砾修炼成贝里的珍珠
也没能力，参禅打坐寺庙
把一具平庸的肉体，修炼成真身

我常溃败于生活的细节
粗枝大叶惯了，也不习惯
俯下身去，埋首于白云的礼数
只能对付着，且败且退
中途遇见雪，或天上的鹰

日暮穷途是我爱去的地方
不取笛，箫，也不去长啸
不弹琴，复弹琴，常有着
山溪的收获，一阵风吹过
松涛明朗，特别像你的笑

王昌东

笔名松林湾。1964 年出生，四川乐至人，居宜宾，珙县作家协会副主席。在《诗刊》《星星》等报刊发表一百五十余首（篇）。出版诗集《空洞》。

夜色书

我喜欢在夜色中散步
每一片月光，都荡着暧昧的气息

仿佛湖边的七叶树
它们与萤火虫，倾慕着同一片夜空

我爱这些池塘、秋千、虫鸣……
它们都是我庸常时光里的亲密恋人

我喜欢与它们举杯同饮
哪怕月光不来，我也会快意地醉去

今生，是风景雷同的旅行
今夜，没有一颗星星多余

你看，在我返回的途中
月华如水，夜色，悄悄褪去了外衣……

王海云

七〇后，山西晋城人。山西省作家协会会员。作品散见于《诗刊》《星星》等刊物。

第Ⅵ辑

处女星·大荒落

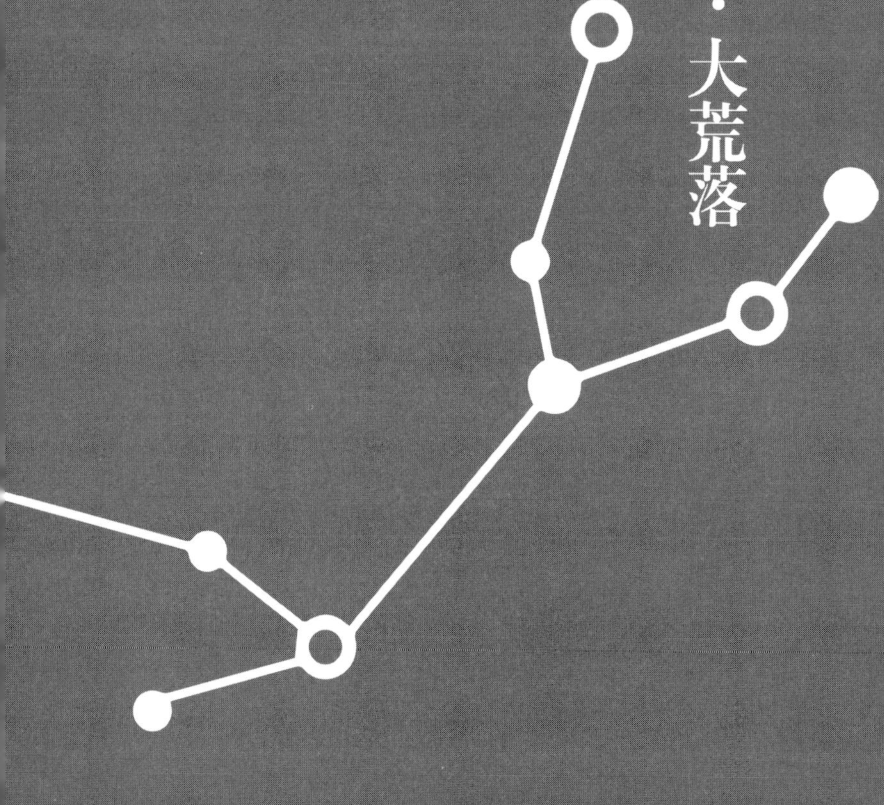

8—9
月

舍得

像秋天一样舍得
放下果实，放下一树一树的黄金叶
舍得秋色

像火车一样舍得
放下旅人，放下一车厢一车厢的站台
舍得别离

像蚂蚁一样舍得
放下身体，放下身体里的天空
舍得伟大

像农民一样舍得
放下土地，放下子孙后代的口粮
舍得富贵

像诗人一样舍得
放下笔，放下悲悯，放下大义
舍得良知

简明

文学创作一级，中国作家协会会员。著有诗集《高贵》《简明短诗选》《朴素》等九部；长篇报告文学《千日养兵》《感恩中华》等五部；《中国网络诗歌前沿佳作评赏》。作品曾获 1990—1991 年度全国优秀报告文学奖、第四届第八届第十一届河北省文艺振兴奖、首届孙犁文学奖等。诗歌作品入选上百种权威选本。

“花山鸟道”

鸟道在吴中花山。鸟道与
石头铺的行人上山之路并行
有缘者，自有接引

鸟在潮湿的坡道上加盖
它的鸟虫篆字体的印章

鸟道在行程“半道”之处
被强调。这满山花草
均来自它嘴角流落的籽粒
包括忽远忽近的“彼岸花”
——含义莫名的粉色
与低吟。在“出尘关”口

有风灌满前贤的长袖
前贤吞云，唱和，不时
呷几口小酒。鸟道旁“石床”
可休憩，可载道，非常道
如何“非常”？“菩萨面”授

上山时是我，下山时已是别人

陆健

祖籍陕西，生于河北沧州，中国作协会员。现任职于中国传媒大学。曾出版诗集、文艺评论集、书法作品集共二十余部。2019年在《中国作家》《十月》等刊物发表诗歌作品。

延安，人间最美的词

延安，人间最美的词。词根
深深地，扎在陕北。彰显黄土高原的
修辞与学养。别忘了
还有一位诗人，从雪山、草地
腊子口走来，在杨家岭、枣园挥毫
泼墨。给中国书法留下狂草。一笔又一笔
引领后辈，开创人间正道

北上。延安
延安。北上

这座神迹而丰沛的古城，向上
离太阳最近。一次又一次
一遍又一遍，从中国词典出发
不停地，在宝塔山下
延河两岸修订，增补。甚至
邀请日月，星辰研讨
这个词的出处，构成
和它的籍贯与姓名，而且
牵着天、地、人，翻晒
母语中陕北的语境和诗性

从西安出发。北上
一直阅读这个词的过去和现在
换句话说，叫爱不胜收
走近词根，聆听
陕北的小米与枣花的对话
观赏延河的水草与肥鱼的
私语。一桩一桩的心事，从风上
滑落，穿梭空间。靠近
词与词的根部，崇尚
朝拜，中国汉字的修行
延安，人间最美的词
在《东方红》的韵律里飞扬

高旭旺

河南省三门峡市人。中国作家协会会员，中国诗歌万里行组委会副主任，中国诗歌学会理事。出版诗集十五部，诗集《心灵的太阳》获河南省第四届文学艺术优秀成果奖，长诗《河之书》获第二届中国长诗奖、《中国作家》鄂尔多斯文学奖诗歌奖等。

我总看到妈妈十二岁小姑娘时的样子

妈妈来北京看孙子曹亚欧非
我带她看前门天安门
我带她游后海什刹海
她都没有说什么
每次遇到服装店
她就要仔细地看
妈妈像所有女人一样
喜欢漂亮的衣服
可是我从来不知道
这时我就仿佛看到妈妈
十二岁小姑娘时的样子
她在山花烂漫中奔跑
她为一件新衣服欢喜
妈妈的妈妈就在那年去世
从此她不再敢喜欢衣服
她带大了舅舅
她带大了曹谁
她带大了曹希
把买衣服的钱让我们读书
曹希成为中科院的博士
曹谁成为北师大的硕士
妈妈终于放心了
她在那里挑衣服
我却总是忍不住落泪
看到妈妈十二岁小姑娘时的样子

曹谁

1983年生，山西榆社人。本名曹宏波，字亚欧，号通天塔主。作家、编剧、诗人、翻译家，北京师范大学文学硕士。系中国作家协会会员、《大诗刊》执行主编、《汉诗三百首》执行主编、世界诗歌网副总编。有诗集《冷抒情》《亚欧大陆地史诗》《通天塔之歌》等七部，长篇小说《巴别塔尖》《昆仑秘史》《雪豹王子》等十部，翻译有《伊斯坦布尔的脚步》等三部，写有电影剧本《太阳城》、电视剧本《孔雀王》等百余部集。

高原

汽车在高原行驶
明月悬挂前方
硕大
圆润
与方向盘几乎重合
让我瞬间
产生了幻觉
仿佛独自坐在地球上
手持月亮
驾驶着整个人世
颠簸前行

曹东

1971 年 1 月生，四川省武胜县人，中国作家协会会员；著有诗集《许多灯》《说出》及长诗《大风》；曾获第九届四川文学奖、第十六届冰心儿童文学新作奖、第十二届四川日报文学奖，2013 年被评为四川省十大优秀青年诗人。

一间半房

一间房用来饮食、起居
做爱。半间房用来写作

一间房用来苦闷、拌嘴
崩溃。半间房用来微笑

一间房用来死去
半间房用来死而复生

一间房什么都不是
半间房是一切所是

一间房墙上有个黑点那是伍尔夫的眼
半间房是世界的呼吸口张维如此指认

一间房在北京管庄
半间房在虞山脚下

我从北京管庄的一间房
来到虞山脚下的半间房

平生第一次的到达
却又像熟得不能再熟。

安琪

中国作家协会会员。曾获诗刊社“新世纪十佳青年女诗人”称号。独立或合作主编有《中间代诗全集》《北漂诗篇》《卧夫诗选》。出版有诗集《极地之境》等。曾获柔刚诗歌奖、《北京文学》重点优秀作品奖、中国诗歌网“年度十佳诗人”等。诗作被译成英语、德语等多语种传播。

分裂

一架飞机自头顶低低掠过
一道影子把我劈成两半
从此，我就有两个不同的我

辛牧

本名杨志中，生于宜兰罗东。已出版诗集《散落的树羽》《辛牧诗选》《蓝白拖》《问鱼》。

祈愿

母亲每年都会来南岳。她离世后
我开始写诗。她一定拜过文殊
她拜过的如来、观音、祝融、财神，我都拜
她噙住的泪，我都噙住
忍不住的，偷偷流下
她在诸神面前许下的愿，我都继续许下
她记住的家里每一个人的生日，我都记住
她未还的愿，我都来还
我在尘世的寺庙削发，愿母亲来生
带上我，来衡山

黄明祥

诗人、摄影家、艺术评论家，著有诗集《中田村》。

寒山寺

没有人相信这是冬天
雪在瓦顶上堆积　我们对寒冷已经失去知觉

读经声经过加工
悦耳如鸟鸣
空与寂　这是早已过时的佛境
万树舞蹈　万树如得道的精灵般舞蹈

进山人的脚步地动山摇时
大佛压倒了修行的庙

李曙白

1949 年生，江苏如皋人。中国作家协会会员。已出版诗集《穿过雨季》《大野》《夜行列车》及其他著作多部。

斜阳

喜欢很多倾斜的事物——
滑梯。那头坐着孩子的跷跷板。
掠向南山的一缕炊烟。
北风中一树柔韧的柳条。
迎风飞去的一只麻雀。
窗台上那株扶桑
凌空刺出的一个花苞。
而此刻，这冬日黄昏，我还喜欢
那些倾斜的光线，它们
穿透玻璃靠过来，毛茸茸地
抱住我，渗入我，将我一点点融化
这一刻多么美妙——
当我透明得只剩下魂灵，
当我像它们一样发亮，
多么美妙啊，虽然夕阳
眨眼间就没入群山，虽然
只过了一会儿，路灯们就从我手里
接过了光的种子。

辽东天赖

本名郑春，满族，七〇后诗人。中国少数民族作家学会会员，辽宁省作家协会会员。

戴珍珠耳环的少女

代尔夫特大雪纷飞
金色烛光照亮少女一脸娇媚
白云由几种颜色组成
珍珠在粉嫩的脖颈里闪着光辉

每一帧画面，都在油画里穿行
荷兰黄金时代的质感，如同触摸
这窸窣的锦缎，酒在杯中
闪耀光芒，且饮下这隐忍
而无果的爱情，让至美与哀伤
融入精湛微妙的笔端

少女戴上珍珠耳环的一刻
她已成为艺术本身
当“沉睡的司芬克斯”再度醒来
在阿姆斯特丹国家美术馆
我的魂魄——瞬间被吸进
少女凝望的双眸，微启的红唇

电影情节及文字刹那灰飞烟灭
而我也化为一粒微尘
飞上画面，和维米尔的光
一起共振

刘雅阁

北京人，曾荣获中国青年诗人奖、人人文学最佳女诗人奖，入围第五届海子诗歌奖。著有《自驾万里征北极》。

荷塘

霓裳都是多余的
那么俗气
云有多高就凉多高
雨水丰腴的时候
你就出阁　出水
一塘只舍得占去半塘
半塘等我
等不来　你就枯
满塘的浮萍劝也劝不住

敏男

本名杨光，山东省作家协会会员。临清市作家协会副主席、诗歌创作委员会主任。有作品散见《诗歌报月刊》《散文诗》《飞天》等刊物。

洛扎老人与刀

好木头要雕佛。洛扎老人的刀口上
是慈眉善目的佛

剩下的木头要雕念珠。念珠上
是洛扎老人的刀，走的路

无用的木头雕根拐杖。再不雕
洛扎老人像用旧的刀，越来越钝了

诺布朗杰

1989年生，藏族，甘肃甘南人。诗人、作家、词作人，大诗主义诗人。文学作品发表在《特区文学》《飞天》等。出版诗集《蓝经幡》。

放

夜，放弃了星星月亮
天空抛弃了云彩与思想
家园，还是故事中的昨天
我，却再也不是憧憬中的想象

放一阵风，草木邂逅春天
放一抹旧尘，世界开始诗意
放一次心情，我就开始怀念忧伤
放一次梦想，世界就跌入深渊万丈

生命很短，人生很长
愿我的矜持与坚守能在纯净中绽放
生命，不止一次
活着有人想念，走后有人怀念
或许，这就是人生与理想

放吧！山中有我执念的乡愁
放吧！云海有我意念的远方

若离

国际汉语诗歌协会副理事长，中国通俗文化研究会理事，中国诗歌万里行形象代言人，已出版《若离诗集》《若离散文》等。

摆设

如果我说出了荒芜的秘密，繁华就是
一个摆设。如果我说出了
地狱的秘密，天堂就是一个摆设
如果我什么都不说，世界
就是一个摆设。如果我说出了死亡的真相
活着就是一个摆设。于是，
我沉默地走进早晨扫墓的人群里
乘着阳光还能照亮名字
的时候，清理好他们的姓氏笔画

沙马

安庆市作家协会副主席。作品入选多种诗歌选本并获奖。代表作《理智之年》《个人史》。著有诗集《零界》《沙马诗歌选》等。

清明

年年去父亲坟头看一样的青草长高，
又看到周围鼓起几个掖在山腰的小包包。
几滴雨落入石碑的痕迹，说明不了什么，
只是我们非要拿它唤作一种悲伤。
烧过的纸灰任风吹起，还有泣声也随风吹远，
唯独头顶的天空，照旧飘荡几朵浮云，
浮云下，我们哭肿的脸总面朝来时的村庄
少了一个人身影的村口，梨花正白。
纯白的梨花哟，真的，我不想借你的名义
再去凭吊游离的亡魂——
清明，算是一次被雨水洗净后的镜子
我们都成了镜子里装饰自己的野山和树阴。

诗之梦人

本名黄世兵，安徽巢湖人。诗歌散发《诗刊》《诗潮》《诗歌月刊》等刊物，出版个人诗集《低处的秘密火焰》。

寒露

深秋埋头做减法
过人之处在于不动声色

树枝减去叶子，天空减去雁阵
大地减去农作物
窗户减去凝望，手机减去
“喂”——

九病房的老者，在减胡须
他左手扳着下巴，
右手执剃刀，镜子里一丝不苟

最狠心是程大娘，她刚刚减去
她的老伴。还不能熟练掌握
没有争吵的日子

笑童

1986 年生，河南沈丘人。作品散见《星星》《诗潮》等。

傍晚乘车从文昌回海口

桉树提着绉纱裤管走出剧场
坐在东海岸的锁骨上
《燕尾蝶》与树林的光条平行闪耀
固力果的情歌与明暗贴面
如果让视线持续北眺，过琼州海峡
就会看到雷州半岛的鬓影华灯
但那边与我何干呢
整个人陆，不过是小灵魂的茫茫异乡
此时我体内，太平洋的汐流正在为暮色扩充体量
海口依然遥远，我的船快要来了
水手们神色微倦，空酒瓶在船舱里叮当
擦拭过天空的帆是半旧的
甲板上堆满紫玫瑰色的光

杨碧薇

云南昭通人。文学博士，艺术学博士后。著有诗集《诗摇滚》《坐在对面的爱情》，散文集《华服》。

修车摊

以前，在田野里收割秋风
而今撑一把破伞
在街头一角躲避追赶的雨
乡下的自留地
成了孤儿

一小块极易破碎的梦
追不上飞跑的物价
累了一天的身影
总会出没在傍晚的菜市场

大街上，私家车波涛汹涌
乡愁在眉头
结出越来越大的疙瘩

老刀客

本名朱鸿宾，山西人，出版诗集几种。

与己书

天空低垂，触手可及
像一顶硕大而笨拙的草帽

树叶被阳光的丝线穿过
袈裟一般抖动圣洁的光彩

一个人，远远地走来
又消失在茫茫岁月中

我追上他的步伐
却看不清他的面孔，扑朔迷离

我推着落日翻下山岗
温暖的岩石，渐渐凉了下来

老秋

本名李钢，1974年生，中国作家协会会员。
已出版诗集《老秋的诗》《老秋的诗Ⅱ》。

挽留

等了三年，一场自恋中的雪，终于落下
黑夜退却
路可以模糊，可以交给深浅不一的脚印，昔日血腥味的集市
似有悔悟，在洁白处呼唤着乡村
相较之下，哪里的灯，更明亮一些呢
集市的反面，乡村的反面
我不知道该迎合谁的怀抱
对于它们的和解，或者是强者的良心发现，我欣喜若狂
荒唐的历史若想得到现代性的认可，需要忠实的说客
我愿意动用我舌片上的笨拙
除掉雪的掩饰，捧起泥土，去遮盖集市上那摊发乌的血
这是掠夺者的耻辱
也是顺从者的耻辱。又三年
我的身后站满挽留淘客的乡下人

老彦娟

诗作散见《诗刊》《星星》等。出版《老彦娟诗歌选》《诗的底部》。

大海，高举蓝色的旗帜

大海有眼睛
它的眼睛清澈
你看水底的珊瑚多么漂亮

大海有舌头
站在海滩上
潮水像舌头一样
亲吻你的脚踝

大海还长着脚呢
它在不停地奔跑
你看看浪花吧
它们在你追我赶

大海高举蓝色的旗帜
在大地上奔跑、歌唱
从不疲累
从不贪睡

乐冰

中国作家协会会员，海南省作家协会理事。在《人民文学》《诗刊》等发表诗歌、散文，并有长篇小说发表于《中国作家》，代表作《南海，我的祖宗海》获“当代十佳海洋诗歌”。

为我的故乡喊魂

每次回故乡
我常穿行在青石巷间
许多苍老的屋子
空得只剩下白发的老人与童贞的孩子

像祖辈们视土地如生命的青年人
已失去耕种的本性
大多数在繁华的城市漂泊着
有人当老板，有人做白领
忘却了故土的眷恋与情怀
雷氏宗族的家风与村规
被手机上的微信掏空
村口的一个小商店
摆着几个小麻将桌
占用了半个空间

一种莫名的刺痛
让我的视线模糊
古屋的破败，土地的荒废
使故乡亲人的思维僵化
血性的根脉被现实的刀子砍断
对于一个产生灿烂农耕文明的民族来说
故乡的雷氏族人只是一个缩影
千百年的民俗风情
被剥离的四分五裂而失去敬畏
故乡的魂真的丢失了

无奈，我站在村后的豹子岭上
一颗心猛然撕裂
为风雨沧桑的故乡喊魂

雷晓明

本名雷小明。作品散见《诗刊》《词刊》《星星》《芳草》等刊物。

用一场雪，去覆盖一段陈年旧事

用一场雪，去覆盖一段陈年旧事
用雪的白去淹没土地的黑
去遮盖城市的伤，今夜，故园
用一盏灯
去等，一个人

在狭小的空间，给宇宙起一个
一个温暖的名字，给天空
涂上太阳的颜色，给故乡
一座城池

然后把微信给母亲看，把
背影留给父亲，把外面的世界
留给自己
在伤口上，撒雪白的盐

盼来年春天，疤痕里结
希望的野草

王永纯

《大家诗歌选》主编，《中华文学》媒体部主任，《中华民居》寻找最美古村组委会主任，《天涯诗刊》执行主编。《大家》微刊主编。

常牧，这草原深处的光阴

借居一匹马的身体，让一棵草活下来。
它关闭了走失在光阴中的雪，
让远山，被雪装进口袋，苍鹫，盘旋天空，
易碎的白云，
让天空的蓝，铆在一幅国画的中心。
一些草，部分已发芽，部分尚在破土而出，
没有控制力的草原，
会不会出现奇迹？
我一再被确认，自掉头向常牧，
再也无法停下来。我记得时间之慢，前三年，三尺讲台，
后八年，还在草原上奔波。
他们说我像极了一匹老马，心有余而力不足，
被岁月的绳子牢牢拴在这里。
而绳子上的结，一直在记事，十几本日记，
聚住这些回忆发出无人看见的光。
什么才是我最高的愿望？用拳拳之心，替庞大的时代
打磨灵魂，直到我写下的这些文字，
在光中折叠出波浪，或者，它们在近乎愉悦的悲伤中，
已学会把人世紧紧拥抱。

李元业

青海省贵德县人，青海省海南州作家协会副主席。在《诗刊》《星星》《绿风》等刊物发表诗歌一千多首，出版诗集《贵德诗语》《在常牧镇》两部。

第Ⅶ辑

天秤星·执徐星

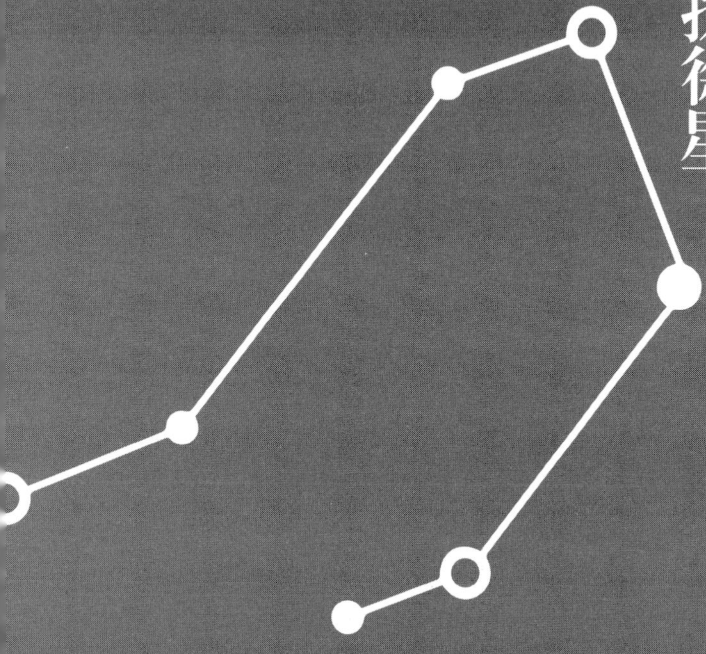

9—10
月

一穗谷子

在一穗谷子里，我发现
真龙天子，是食为天

小河血脉的走向篆写“龙”字
谷穗的地图上，农耕每一勾腰
谷粒饱满

条条田埂连接龙的延续
谷粒运转日月星辰

一穗谷子，在一位老农眼中
是黄袍加身

李发模

1948 年生，贵州绥阳人。著名诗人。贵州省作家协会原副主席。已出版诗集《呼声》等，现居贵州遵义。

驳奥登

“太孩子气了，”你敲敲我们的头说
“诗人要么长年孤独，要么青春早逝”

——不！我不会死得那么快
也不会在孤独中变态

为了粉碎你的严酷咒语
要投入整整一生，还要加上
从死神那里偷来的宝贵时光

吕约

文学博士，七〇后诗人，生于湖北。现任十月文学院常务副院长。著有诗集《吕约的诗》《回到呼吸》《破坏仪式的女人》，学术专著《喜智与悲智》，批评文集《戴面膜的女幽灵》等。曾获首届骆一禾诗歌奖。

铁路结出的果实

深茂铁路会有很多果实
很多行囊
很多新鲜的行囊里面都有梦
这些行囊把果实的甜蜜打包
福音结出人生的果实在任何一条路上
都可以成为最佳的风景
深茂铁路是好消息
每天都要传播光的好消息
让好消息开花结果
带回家
平平安安

赖廷阶

广东茂名人。当代诗人、作家、编剧。现为中国作家协会会员、中国电影文学学会会员、中国诗歌学会理事。著有诗集《短歌》《电白：不老的传说》《还乡》等，散文集《为今日而活》《童年记事》《历代皇帝那些事儿》等，长篇小说《血刀会》《长恨刀》《落樱如雪》《寂寞如烟》《当爱走远》等文学作品三十多部。

空船

清晨六点五十二分
一艘空船逆流而上
从东向西，空空的船里
又好似装满了阳光

它要把阳光运送到哪里
在远处，我可以看见
一船阳光正在燃烧
一船碎银正在熔化

船是空的，阳光的存在也如同虚无
我更倾向于是看不见的银子

一艘空船逆流而上
我看到了这空的超然
一艘空船，何必要装满石头
何必要把世间的重物，强加给自己

田湘

1962年生，现居广西南宁。著有《田湘诗选》《雪人》《练习册》等。

矿工的舞蹈

精壮的男人，赤条条的身躯
在地下用铲子舞蹈
时而风疾，时而缓慢
体内充满激情的灵魂
按照各自职责指挥
汗珠汇聚成河，眼神充满淡定
粗壮有力的呼吸里蕴藏着
传递丰收的喜悦
劳动被赋予神圣的使命
像猎人一样配合
将火种一一包围
在这与世隔绝的地下
谈论家乡的亲人和不可预知的生死
谁看见过这禁地酣畅之舞
迷失与沉醉则如浮世
鬼神附体的身体
不可替代的信使
领受天地孕胎
还给菩萨　尘土的骄傲

王长征

安徽省界首市人。作品见于《中国作家》《诗刊》《星星》《延河》《诗潮》《诗林》《散文诗》等刊物，入选数十种选本，出版诗文集多部。作品被译成英、法、俄、韩等语种。

至爱至仇之声

今天我不需要你的灵魂 我只需要你
像蜗牛需要一个壳
放弃一直假装着的有力
再傻一点 才能不看透人生真相
按照言情小说的标准去爱你一回
像创口贴热爱伤口那样去爱你

外面的时间仍然像韭菜一样从不断货 我就逮捕钟表
逮捕那一轮照耀万里河山的月光

就像不发达不是发达的一个阶段
而是发达的一个后果
恨你也不是爱你的一个阶段
它肯定是爱你的一个后果

我一直怕死也怕活
活得一点也不哲学
有时候像老虎爱肉一样爱
有时候像女人生孩子一样疼
自从有了你
怕死的死和真的死是同一个死吗
爱你的爱和恨你的恨是一件事吗

高伟

中国作家协会会员，青岛市作家协会副主席，青岛市作协诗歌创作委员会主任。出版诗集随笔集二十多部。代表作有《她传奇》《他传奇》《爱传奇》等。

乌桕树

乌桕树在渡口
乌桕树在独木桥边
乌桕树在濠上
乌桕树在一片瑟瑟
起舞的鸦阵里
乌桕树和夕阳对话
乌桕树在夜晚悄悄睡去

李本

上海市作家协会会员。上海大学法学院教授，国际经济法学博士，博士生导师。出版诗集《菩提树下》。作品见诸于《诗刊》《诗选刊》等诗歌刊物。

疯人院

白日梦在太阳落下之前
没有任何人可以打断
走火的枪谁也摁不住
有人在一直笑 有人在一直哭
向日葵被烈日烘烤得要喷出岩浆
他们在火山口游行需要关闭十道铁门

把狂躁的滚石推到绝顶再踢下深渊
那个服了安定的人褪下最后一块遮羞布
相信自己是洁白的羽毛

而你不肯吃药 彻夜狮子般怒吼
不要侮辱我的人格
把不肯睡去的灵魂从体内放出
一路上被那么多等着被说出来的事情追杀
不忍踩死一只蚂蚁的人
忽然有了割肉饲虎的胆气

李晓梅

1963 年生于南京，中国作家协会会员，中国电视纪录片学会会员。1981 起，在《诗刊》《人民文学》等报刊发表文学作品。参加第七届青春诗会，出版《李晓梅诗选》。2019 年参加诗刊社青春回眸活动。

土地

我猜想，这片土地两亿年前的模样
不过就是站着的树。粗的，更粗的
壮的，更壮的。
不过都是山壑。高的，更高的
深的，更深的
不过是生灵
一群鸟飞过一群兽的头顶

两亿年后，便也没什么不同
不过就是躺着的路。粗的，更粗的
壮的更壮的
不过都是楼。高的，更高的
深的，更深的
不过是高科技
让死亡踏着死亡的头顶，继续生长

梁甜甜

青年诗人，鲁迅文学院与北京师范大学联办作家研究生班学员。出版诗集《花信芳菲》等。

栅栏

栅栏是多么虚空无用
血肉是透明的，骨节是中空的
只能拦住直来直去的人群
拦不住流水，拦不住风
却整日里张开空空的双手

我常常靠着栅栏往远处望
远处的群山此起彼伏
他们也在张望我

而风正从山林穿越而来
她穿越过我

仿佛我也只是栅栏
也拦不住什么
我也是空的

陆岸

本名陆卫强，浙江桐乡人。作品见于《诗刊》《星星》等刊。入选《天天诗历 2020》《70'后中国汉诗年选 2018 卷》等选本。出版诗集《无见地》（合集）。

绝唱

当语言的轻舟自心海驶出
划不出一泊浅浅的泪湖
在一株枯死的睫毛旁搁浅
当歌声的驼队自丹田迤逦而来
走不穿九曲回肠的喉管
在一根荒芜的经络上倒毙
当期盼的车轮自历史的另一端蹒跚而至
辗不过阻断方向的沟坎
在一粒滚圆的石子上断裂
当爱情的大风自呼吸深处扬起
吹不过一堵残破的断壁
在一座湿热的草垛前消散
当胡杨悄然倒在荒诞的时间
当旗杆嗄然折于无风的广场
当流水倏然止于碎裂的河床
当经纬铮铮然绷断在纤柔的指尖
我是唯一的目击者和人证
一路被彤红的暮云追杀
从一个梦境逃到另一个梦境
最后躲入一块黑暗的岩石
而我总觉得崖壁上有一扇门没有关严

马敬芳

1965 年生，回族，青海西宁人，现为青海师范大学写作学教师。2009 年开始诗歌创作，出版诗集《扶起时光中的倒影》《众神的群山》。

我是一条悬河

越来越确信，我是一条悬河
携着泥沙，在许多人的头顶奔腾
无论我醒着还是睡眠，
别人都在提防我

我是水的集合，而水
常常背叛我
在我的一生中，
有多少水熬不到终点
以各种看似合理的理由
离我而去，不再归来

我消瘦，我干涸，我断流
我的生命平淡无奇而又惊心动魄
时间之云，以澄明或混浊
落雨一样，水越流越浑
看不清河床，辨不清前方

我自顾自地奔腾，而提防我的人
失眠了，焦虑了，抑郁了
他们头顶一条悬河，日夜都在企盼
我的决堤和溃坝，从此以后
能有一个海晏河清的余生

马维驹

1957 年生。中国作家协会会员。出版诗集《缝隙》《深雪》。

更高的星辰

我们活过一生
都或多或少的，欠缺一些什么
比如河流，比如梦
一只鸟，反对了太平洋
风吹过的草地，反对了井然有序
对万事万物，保持热情
使我面对虚无，也有事可做

我知道，身体里的每一个原子
都来自于宇宙
形成我左手的星辰，也许在银河系
形成我右手的星辰
也许在十亿个光年之外
这是多么美妙的事——
当我认识蝴蝶，并与她产生美
产生可怕的对称

我应当见过更高的存在
也许我在到来以前，就做好了准备
我深爱我的无知与不完美
就像蜜蜂着迷于一朵花的鲁莽
就像夜空为一颗流星而冲动

魏欣然

1999年生，江苏徐州人。有诗歌发表于《扬子江诗刊》《诗歌月刊》《诗选刊》等。

九重城楼

风中涌动蜜粉的香气
我知道，你又在城楼梳扮春光
青包头的流苏掩映着天空
光影之间，往事在额头上翻飞
亭台隐约，芦笙吹奏

我立在水西的古城楼
暮色无言，落日描出青山的苍茫
土司的城墙斑驳千年的传奇
大雁成行，送来归流的版图

乌蒙山的云，知道
逢水河的鱼也知道
城楼的钟声拍打着空气，穿越千年
从羊肠小道闪，从远方的雪栈
云林间的屋顶

华莲朵朵，盛放在水西城
那些燕子争相转告着喜悦的消息
风纵情奔跑大乌蒙的群峰
小狮子欢腾的声音，白云间
远远地传颂

蓦景

本名冯颖燕，七〇后，贵州贵阳人，诗歌入选《中国新诗排行榜》《汉诗三百首》《中国新诗年选》等。

卑微，与尘埃互致敬意

秋虫鸣唱，声细
击穿夜的静寂
夜旅之人孤独奔走，无伴同行
被清冷月光压得很低
折弯的膝盖，托举不起
连同影子匍匐在地
烟火人间，传递尘世的消息
寒凉的秋风里
卑微与尘埃，互致敬意
狭窄的光阴不曾老去
所谓神谕，听不见回音
一个旁观者，看透了这一切
气定神闲
平静地呼吸

林师

出版散文、诗歌集《临窗散记》《朝思夕拾集》《浮世》等多部，并有散文、诗歌入选多种选本。

研磨

握紧这磐石——
这严丝合缝的锻打与旋转
时光之眼，漏下水、夕阳
和一颗豆子踉跄的步伐

而你拒绝了秩序
顺时针行走，又倒回来
琼浆渗出，画卜苦涩扇面
像一个人耗尽半生
终于觅得空门

这便是宿命？
你欢喜于神秘力量的操控
又叹嘘着眼前白玉混沌

只有水在流，它不打算回头

刘大伟

中国作家协会会员，西宁市作家协会副主席，鲁迅文学院第三十六届高研班学员。作品发表于《诗刊》《人民文学》《星星》等刊物，作品入选多种诗歌选本。出版诗集《雪落林川》《低翔》，文化散文集《凝眸青海道》。

庄子的露水

我写诗的时候
站在我背后的是一条鱼
刚从车辙的泥泞中醒来
等着我询问它相濡以沫的感觉
楚王的黄金诱饵熠熠生辉
给这条鱼洗个澡通体上下
不要半点泥腥
披上黄金甲
呵，兵者不祥之器
秦国的江山壮丽美人起舞
举起英雄的酒杯我们摔杯为号
这江湖干涸很久了
为了相忘
从阁下的书卷中流出了一滴
大海般的眼泪

龙吟

生于 1971 年，世居陕南。作古风百余首、新诗数十首。

鸬鸪湖边格桑花开

深秋的格桑花，长在湖边
一朵一朵，在游客脸上盛开
白的是远山的雪在绽放
红的是火烧云，煮沸了天堂

一簇格桑花爬上临湖之窗
男的摘了一朵插在女的鬓角
满湖的柔情蜜意顿时摇曳生辉

女的搂着男的脑袋，就像抱着
那颗收敛了光芒之翅的夕阳
沉入幸福的湖光山色之中

一只海鸥掠过忐忑不安的黄昏
不经意间，缝合了天与湖的伤口

夜里的格桑花，恍然大悟

罗鹿鸣

中国作家协会会员，中国摄影家协会会员，中国金融作家协会副主席，湖南省诗歌学会常务副会长。出版诗集与报告文学等十三部。

宿命颂

曾让人热泪盈眶的重生在众星照耀下黯淡
他承认，那高高举起的马蹄，和让草原臣服的
　山岗都是幻想
黑马能做的，只是奔跑，黑马没有獠牙
所以，他把宿命交给窗外的树
从现在开始数数，奇数是坚持，偶数是放弃
于是，他一边数着窗外的树
一边听着，从远方隐约飘起的，马儿的歌声
他默默告诉自己，这就是宿命——
窗外的每一棵树都在燃烧

马晓康

1992年生，祖籍山东东平，中国作家协会会员。主编《中国首部90后诗选》《中国90后年度诗选》系列。代表作长诗《逃亡记》《还魂记》。出版长篇小说《墨尔本上空的云·人间》，诗集《纸片人》《还魂记》《逃亡记》《晏子》等，在《作品》等发表中长篇小说多部。

替窗户原谅自己

我把忏悔都献给了白鸽
她们接近一个女孩
我未曾实现的过去

写诗。忏悔。偶尔也做点正事
去湖边喂天鹅。这是另一种女孩
我舍弃的另一种可能

有时我写下一行诗
如同身上光秃
长出令人抚摸的羽毛

那一刻，我替玻璃窗
原谅了我自己

明桋

本名蔡英明。生于 1999 年，福建泉州人。作品散见《星星》《诗林》等，有作品入选《2018 年中国新诗排行榜》《2018 中国诗歌年选》等。

给巫山云

把一百年
用理智割成两半
一半用于嘲笑月光的意义
一半用于心疼月光的短暂

黑夜只是挤出一条狰狞的笑
吐出混沌的狼烟
让星图变得捉摸不定
那闪亮的白牙也消失不见

一直陷进黑夜的黑
像雪盲于白天的白
不分究竟，只为心撕裂
在对你的迷恋

木樨颜

本名颜海峰，山东曲阜人，诗人、翻译家。《世界诗人》客座总编、《诗殿堂》翻译主编，诗作散见于《江南诗》《中国诗选》等诗歌刊物和年选。出版译诗集多部，曾获中国当代诗歌奖翻译奖。

扫叶

天空像青花一样将我笼盖

没人注意到我
一个拿起扫把的青年
将树叶聚集一起
一撇一捺的在地上画太极

天很冷
整个院子被风所刮黄
一阵风吹走一个同胞

我想起寺庙
我想起树已万顷的叶子将山门覆盖

没人注意到我，在茶水中
拿起扫把
将枯叶一片片顿入心底

木子文

1994年生，教师。

开窗放入大江

“所有来者和道路都向海推开，
海，能变成，天。”

都是阳光编织的单色物种，唯你独持
海天的本色和胸怀
在赤橙黄绿青蓝紫的版图
海南，是祖国最南的，蓝
海天辽阔，如同海口张开的惊叹与疑问
百川归海，一切归于潮流

一个人的码头。握不住你的离开，我的归来
上善若水，在千年之前，在千帆之后
两块礁石，用内心的海，压住暴风狂浪
以死固守：海的底线，岛的初心

于无深处听惊雷。紫气东来，海向南开
风再度吹起，打开大海
一切被大海打开。存于江湖的是水
高于海洋的是浪。拍天之浪
水之于海岛的，南海大合唱

开窗放入大江来：海天一色
我们共同的模样与想象
乘风，一滴水卷起千堆雪
破浪，一座岛长出巨翅膀

秦风

本名蒲建雄。文学博士。世界汉语诗歌协会副秘书长、中国诗歌学会会员。诗作曾获首届全球汉语诗歌奖、第二届长城文学奖、首届天府文学作品奖、苏东坡文学奖。著有诗集《独步苍茫》。

至秦

祖先曾喂马，从几千年的文明中
拿出秦皇汉武的卑微

他们都将历史描摹到独领风骚
明月是从心底剥落的竹炭
你的微笑是面对面哭泣的端庄
把远方淋湿从天际再拉回纤云
像鲜花澎湃的沸腾
把雨季染白
把肉的啼叫刻上无辜的爱欲
把光明推进黑暗的深渊
岁月纯纯的不来不去
把未来和现在绑在一起
纵然，植入或者生长
沉默到寒暄
直到我蜷缩在今生为爱痴狂的悬崖
来到大秦十三朝的长安

秦臻

八〇后女诗人，现居陕西宝鸡。

不相信

一群群大鸟飞过天空
呼啸的阴影密密麻麻
听不见其他声音
一丝光亮也看不见
种子软软地从黑土里爬出来
它借着我给它的光
在冗长时光里长成参天大树
鸟儿们有了巢穴
将天空流放出来
云朵里藏着两只眼睛
眼波流转里是浩瀚星河
只是太阳和月亮都不见了
它们不相信
种子可以长大

吴丝丝

1985 年生，苗族。中国少数民族作家协会会员、上海作家协会会员、鲁迅文学院第三十期学员。出版《柠檬草的滋味》《橘子香水》等多部文学作品。

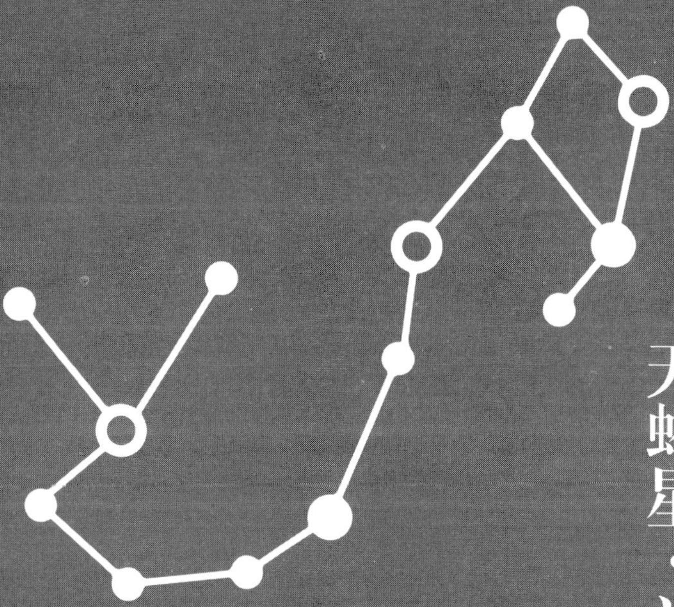

第Ⅷ辑

天蝎星·单阏星

10—11

月

龙门石窟

顽石成佛，需刀砍斧斫。
而佛活在世间，刀斧也没打算放过他们。
伊水汤汤，洞窟幽深。慈眉
善目的佛要面对的，除了香火、膜拜、喃喃低语，
还有咬牙切齿。
“一样的刀斧，一直分属于不同的种族……”
佛在佛界，人在隔岸，中间是倒影
和石头的碎裂声。那些
手持利刃者，在断手、缺腿、
无头的佛前下跪的人，
都曾是走投无路的人。

胡弦

1966 年生，出版诗集《寻墨记》《沙漏》，散文集《永远无法返乡的人》等。作品曾获鲁迅文学奖、柔刚诗歌奖、闻一多诗歌奖、徐志摩诗歌奖、腾讯书院文学奖、花地文学榜年度诗人奖等。

沉默是深秋的要求

秋天，删繁就简
落叶被扫除
粮食归仓，大地的肤色
或深或浅都很朴实
我们一起煮酒像古人附体
不论英雄，不谈收获
深夜里有脚步声从门前经过
握别的时候，星月璀璨
把我们的身影投向远方的地平线

老巢

本名杨义巢。1962 年生于安徽巢湖，现居北京。诗人、影视编剧、导演。现任中视经典电影工作室主任、诗歌中国网主编、北京巢时代影视文化公司总裁。出版有诗集《风行大地》《老巢短诗选》《巢时代》《春天的梦简称春梦》《时间的态度》等。

八宝河，遇到我的卓玛

这一天，八宝河像疯了一样
黄水滔天，激昂吟唱
再美的风景也开始塌陷
风缓，花浓，只有天上的云
渐走渐远
我在河岸站立成一株树
面对她的浅笑
就像回到了历史的久远
啊，我的卓玛

用比风还轻的温柔
划破我早已沉寂的情感
树木静止，阳光不动
只有无声的呼唤在我的胸中回响
八宝河，八宝河
只有一宝就足以让此生丰满

牛心山顶的雪
始终离我们很远很远
再多复杂的故事
都与此时的我们无关
我只关心
卓玛的面庞
沉寂的高原红
比所有的思念都要鲜艳

黑河在前方，沙漠在远方
我们的路还有很长很长

周占林

中国作家协会会员。中诗网主编、中国诗歌万里行组委会副秘书长、中国现代诗歌研究院副院长。出版有长篇小说《一夜芙蓉》，诗集《夫妻树》《你坐在我的对面》等十余部。主编《2008 奥运诗选》。

喊雪

你不走水路，
所以我造船没有用，
你没有车子，
陆路还是太崎岖，
你只有天上一条路可走，
天太黑，太冷，
我只有呼喊，
呼喊到把呼喊拧成一道绳了，
这条路好走，
你就顺着绳子往下走就行。

慢慢走，
要有一个淑女的样子。

余述平

中国作家协会会员、中国电影家协会会员。曾在国内外期刊发表二百多万小说、诗歌、电影作品，近二十篇小说被各类选刊转载。

不做人间的俑

又见汉俑
一个女人在博物馆橱窗前
为另一个跪着的女人哭
那是忍了两千年的泪和心疼
那些遥远的悲壮和惊心
再次得到证实
两个重叠的灵魂
是大地上同一个心跳

告诉我　你的姓氏　你是谁
本该是一个转身入闺房的女子
是谁用一根绳索捆绑你入了后宫
又是谁把你发配边疆
被豢养　被贩卖　被奴役　被禁锢　被扼杀
是谁在指指点点
一个小女子生前的死和死后的生

我或许不该在这丢人现眼地哭
对于沉重的你　眼泪是多么的轻佻
我是谁　我又是谁的谁　我终究无法拯救你
我甚至无法安抚自己的哭
我随人潮又回到了从前
依旧做个人世的旁观者　不再为谁申述

千年前的盛宴　早已曲终人散
你还苦守什么?
这个世界上有谁禁得起一个母亲的跪
起来吧　挺起脊梁
女人也可以血气方刚地活
不做人间的俑

宝蘭

大别山人，工商管理硕士。参加第十届“青春回眸”宁德诗会，荣获“中国十佳当代诗人”称号、第四届中国长诗奖、第二届博鳌国际诗歌奖年度诗人奖。

误苍生

曾以为，招明月，明月就来
爱春风，就永远爱下去
北斗星嫉妒得死在天空
曾以为昨天的月色，会终身照你
备有万颗星星，万吨黄金，纸砚笔墨
红灯笼白灯笼，从树丫上垂下来
等我老了，就写些花样文章
让他们羡慕
顺便误自己，也误误苍生

金铃子

中国作家协会会员，诗人、书画家。著有诗画集七部。曾参加第二十四届青春诗会。曾获徐志摩诗歌奖等。

在白露，相信会有一朵花代替我们

一缕凉风袭上夜的额头
草木便开始欢欣鼓舞起来
满世界的露水趁机把寂静
撕开一道道疼痛的口子

隔着闪光的荧屏你不断感慨：
“我们都老了……”
“没有，没有，我们还很年轻……”
可不知名的疼痛却在骨缝间悄悄地咳着

这多像一只无助的蝼蚁在安慰另一只
初秋的夜晚，沿着电波奔跑的方向
相信这世间会有一朵花，代替我们
把活着的时间，无限延长

冯亚娟

辽宁省作家协会会员，营口市作家协会会员。诗歌发表于《诗刊》《诗潮》《阳光》《海燕》《辽河》等。有诗歌入选《中国诗人档案》《中国太湖风》等文学选本。

香遇土城，我为 4113 个女红军下跪

在土城
我遇见另一种香
一种梅花
一种红杜鹃一样的香气，生生不息
我在这独特中深深地沉醉

4113 朵花啊
这独具魅力的女人花
她们都是这山的骨骼
她们都是这赤水河孕育出来的花魂
她们在这里长眠
在这里紧贴着她们鲜血染红的土地
她们不屑与牡丹
与所有的艳丽去媲美
她们以自己的骨骼
长出另一种花的色泽
我跪下
以对圣母的姿态
以至真的虔诚
向她们朝拜
并以热血
将她们化成的花朵
滋养在我的掌心

郭思思

贵州省作家协会理事，贵州省诗人协会主席。作品入选《中国儿歌大系》等。主编《中国诗歌地理：〇〇后九人诗选》，入选 2014 年中国文学十大新闻。

雪山映湖

在湖岸
你早已是一朵雪莲
说出凡尘的轻薄
和冷

岁月轮换，雁去雁归
烟波湖上，几重山影几重雪
唯独不变的是山涧滑落的牧歌
划过湖面直抵另一个打开的心池

坠入湖面的不只是几重雪山
还有携云含蓝的天空和雄鹰
你是否把惊艳一世的情愫
流泻到素淡含蓄的云烟里

花自开落，雪山自处
行吟湖畔的人
引出似水流年里雪山映湖的意境
封存记忆的最深处

我还是想回头看看那个名叫雪莲的女子
涤尽凡尘浮华
以莲的高度驻留雪山，闲对湖月
静听风语

韩原林

撒拉族，中国作家协会会员，中国少数民族诗歌学会会员，青海省作家协会会员，海东市作家协会副主席，循化县作家协会主席，出版诗集《清水湾诗笺》《生命之恋》等。

捕雾记

如不出意外，此刻你就能看到那个我
站在城北白森的雾里，就那么站着
像戴着脚铐的养虎，像一阵等待
末日法典的风。想到你听见我的自白：
“没错，我是这世间最后的捕雾人”
嘴角的嘲笑，仿佛萦绕万千河流
是啊，我终生在雾里养花
种草，打麦，说书。将每一个学来的动作
放慢，闲时提审自己
对着夕阳无限好，一次次的自乱阵法
我曾赤脚走在雾里，想象百草在脚下
头顶是刀剑河流，恶语相加
心中不免生出恐惧，似有鸟鸣阵阵
在雾里，我捕捉蝴蝶，教她们咬文识字
一想到她们和我一样，也是走投无路的人
雾中的皮肉之苦，愈加轻薄而透明

旱子

1986 年生，现居乌鲁木齐，媒体人。写诗。出版小说两部。

病孩子

他坐第一桌，还看不清黑板
他用牙齿咬铅笔，用脏手抓眼睛
他是留守孩子，只和爷爷在家

他又没做作业，课文一课也背不了
她想帮他写字，也想帮他背书
她想帮他看黑板，甚至就想做他的眼睛
她想干脆背着他跑

现在她带他到办公室
让他坐在她的身边写字
那时太阳已在山那边
他总在写错字，还用脏手抓
她一直咬着嘴唇，一直给他擦

红线女

七〇后诗人，中国作家协会会员，鲁迅文学院第十四届中青年作家高研班学员，重庆市作家协会全委会委员。出版诗集《频来入梦》等。

一束芭蕉对我摇头

我有越来越多的白发
源自无法克服的诸多疼痛
子宫内膜异位的中年
青黄不接的乱世
拿不起又放不下三世桃花
更年期焦虑，不安
没完没了，没完没了
积郁于心，无法排解的忧愁

我有无法根治的情殇
我还有无数的猜测，怀疑之花
插在虚胖的水晶瓶
与我极端完美主义的爱情，极不相称

我是不是应该茫然无措
消极，清瘦，堕怠
披散更长更乱的白发
抑或悬空，做一朵急待迫降的杨花

一束芭蕉，对我
摇了摇头，又，摇了摇头

花语

诗人、画家，参加第二十七届青春诗会，著有诗集《没有人知道我风沙满袖》《扣响黎明的花语》《越梦》等。

三棵树

贫贱不能移的是水柳
一遇春风，小家碧玉似的
露出饥饿的鹅黄色。但，她是不能移栽的

富贵不能淫的是合欢
百花开时，她却鄙夷似的
向天空伸展出铁丝样的枝杈
等春天转身，才突如其来地爆发一树粉红

威武不能屈的是松
那是我家乡常见的乔木
从小就披挂着一身裂开的盔甲
人们敬畏它：砍伐时，要在斧柄上缠一截红布

李不嫁

六〇后湘人，因其诗作的特立独行而被称为湖南的老诗骨。

新年第一天

正像每天的早晨，我看到的是背后堆积如山的
　睡眠，是晨曦撕开第一缕阳光的力量
时光的巨浪掀起的万物

让我在新年的第一天如何向万物
致意
如果把这种致意表达成新年发出的第一封邮件
我宁愿它是发给仍在蛰伏的小草
我宁愿它是发给仍在潜藏着绿色的
枯枝

我依然要赞美这样一个寒冷的早晨
中午也是寒冷的，下午、黄昏乃至入夜皆荡漾
　着寒冷的涟漪
这是一种大兴安岭式的寒冷
却是一种无雪的寒冷

就像“柏拉图式的爱情”
爱情与爱情之间的段落蕴藏着亘古不变的残梦
需付出惨痛的代价
像风帆，驶出这一天，一切皆坦途

超越国界，超越种族，超越信仰
惊险又带着悬念
最初与最终，同样被关注

刘剑

居京皖人。出版过诗集《微蓝》《短歌行》等。

那块糖

我知道那块糖藏在哪里
我是个听话的孩子
从不去偷吃

如果我哭，妈妈就会站在凳子上
从房梁下吊着的花篮里
拿出一块，塞进我嘴里

现在，妈妈不在已经很久了
再没有一块糖
能摁住我低声的哭泣

马冬生

1969 年生，河南省作家协会会员，博爱县作家协会副主席，著有诗集《燃烧的雪》。

与一只鸟对视

常常，从窗户看过去
眼中的景物往往是蓝天和楼群
还有低处的那些花花草草

居住在高楼之上能与一只鸟
近距离的接触
还真是很少有过

小鸟就停在窗棂上，对着我
时不时地探头
温婉可人中透着好奇

小鸟的友善与从容
让我的指尖不得不停在键盘上
与她静静地对望

我想了很多
也许小鸟也想了很多
此时此刻，我们共同安放时光

只是不同的是
我的背后是狭小的墙壁
她的背景堆满远山，还有蓝天

山村

湖北阳新人。曾在《人民日报（海外版）》等多家报刊发表诗作。著有诗集《稻草人》《抹不去的心河》《用手机，摇一摇乡愁》。

麻衣寺的井水

慈悲的人是奔跑的寺庙
草木是生长的寺庙
芸芸众生，打水者
让麻衣寺的井水
源源不断地流向尘世

我们世代都在输麻衣寺的血
山上那绵远的流水声
如麻衣老衲在念诵经文

然而，麻衣寺的流水
只如白云，难穿透人心
声声木鱼，消化不了
红尘中
“望穿秋水”，这样潮湿的成语

王恩荣

山西省作家协会会员。《汉诗三百首》编辑部主任、《诗眼睛》主编。作品在《诗刊》《诗选刊》《诗潮》《中国新诗》等发表。

清晨在新西兰与鸟闲聊

昨夜眼帘缀满星辰
今晨滚落一草地的鸟鸣
开口便是阳光
鸟语无国界
花香给谁闻
一只小小鸟
在我车下的闲庭中
昂首信步
极像一位天堂的使者
我趴在地上
与它闲聊
原来它已吃够虫子
来讨点零食
可，我没有呢！
——可，我又甜
又咸
要不我来做你的点心和零食
你带我去天堂
好吗？
它用另一个世界的颤音说
不不不
天堂不过是你欲望的零食
你一想，它就不在。

巫小茶

八〇后诗人，中国福建莆田人氏，现居广州。

怎样的苍凉如水，怎样的明月我心

硬着头皮走了三十三里后
接下来，还要硬着头皮走

午夜始照见，美德如此缺乏
（美德只能缺乏）照耀

像羞耻被荡开又收拢，终究
浓得化不开的词语

人生坐上了蹦蹦车
有时千万不能想太多

我意识到了过往日子的徒劳
微微在额头沁出汗水

吴小虫

1984年生，山西应县人。在《诗刊》《人民文学》等刊物发表组诗及随笔等。诗集《一生此刻》入选2018年度“21世纪文学之星丛书”。

回家

沿一条狭小的通道
进入飞机的子宫
很多人和我一样被包裹
蓝天的平静，安慰人心
偶尔颠簸，是分娩前的阵痛和预告
极速上升和下降，像人生跌宕
你必须坦然接受
脚踩大地时，真该举杯啊
祝贺自己，被顺利分娩

袁岚群

七〇后诗人，云南元江人，中国诗歌学会会员。作品散见《民族文学》《诗选刊》《玉溪》等。有作品收录《文人学者看元江》《元江白族散文集》等。

佛祖无语

一片落花
她很小
体内却睡着一个春天

一朵渔火
她默不作声
体内
却有一座大海在轰响

一滴水
她再小
也是一种圆满

再大的海
也有装不下的水
再大的海
也有端不平的浪
再漫长的岁月
也装不完
大地的沧桑

一个身体有风雨的人
他宽博的衣袖里
兜满星光

朱积

广东茂名人。六〇后诗人。诗、文、书画兼修，作品在《诗刊》《星星》等发表。

一场错过时令的雨

集结所有惯用的动态语汇
都难以复述出，自上而下
一场雨，溃于云，还是溃于闪电

纷纷连绵，或若烟若牛毛
花环在陨落中幻灭
一场雨消失
天稍稍隐晦了一下，没空也没有低

雨落下，仿佛住楼之人上到顶楼
当更上一层楼的虚妄，不堪成为命运的主调
那么，他不得不将目光内耗在既有的途经上
雨也不例外，类似于拟人的结局它避不开

朱记书

六〇后诗人，安徽灵璧人，中国诗歌学会会员、江苏作家协会会员。作品在《人民日报》《星星》等发表，出版诗集《带香的屐痕》。

草

这是与我一样的草
不会有人知道我的名字
我的一些亲人，都死于冬天

这是与我一样的草
来自苦寒之地
黄土厚重的地方，适合掩埋身骨

草越长越远
草被草掩盖
草死在哪里，都是故乡

陈晨

陕西榆林人，就职于陕煤集团红柳林矿业。
作品散见《陕西诗歌》等。

北京，阴到有雨

我等的人，正从煤市街过来
他将穿过几条灰白的胡同，
路过福兴居，及各种名目的涮羊肉馆，再朝南几步
右转穿越大栅栏东街
依次经过德云社、同仁堂、东来顺……
左拐从全聚德、庆聚祥门口向南再走几十米
将看到我坐在一家甜品店里，披肩发、棉布衫、黑框眼镜
有点羞涩，像所有书香门第的孩子一样
对那些在滚滚红尘中遇见的生灵，
都会不卑不亢地伸出援手。

淳本

七〇后，现居贵州凯里。著有诗集《时光的盒子》《汉歌隆里》。

惠空居士

惠空居士
入寺四年
听禅音开光
寺中无主持
故他常来寺中居住
我问他
寺中和山中修行
有何不同
他说后山大峪里
有四五千人修行
众生平等
有的可修成正果
有的只开花不结果
有的则杂草丛生
自生自灭
山中与寺里
修行无不同
就像树木
各有各的归宿

大草

本名余江武，六〇后诗人，自由摄影人，白诗歌流派发起人之一。出版诗集《白菜顶着雪》。

第IX辑

射手星·摄提格

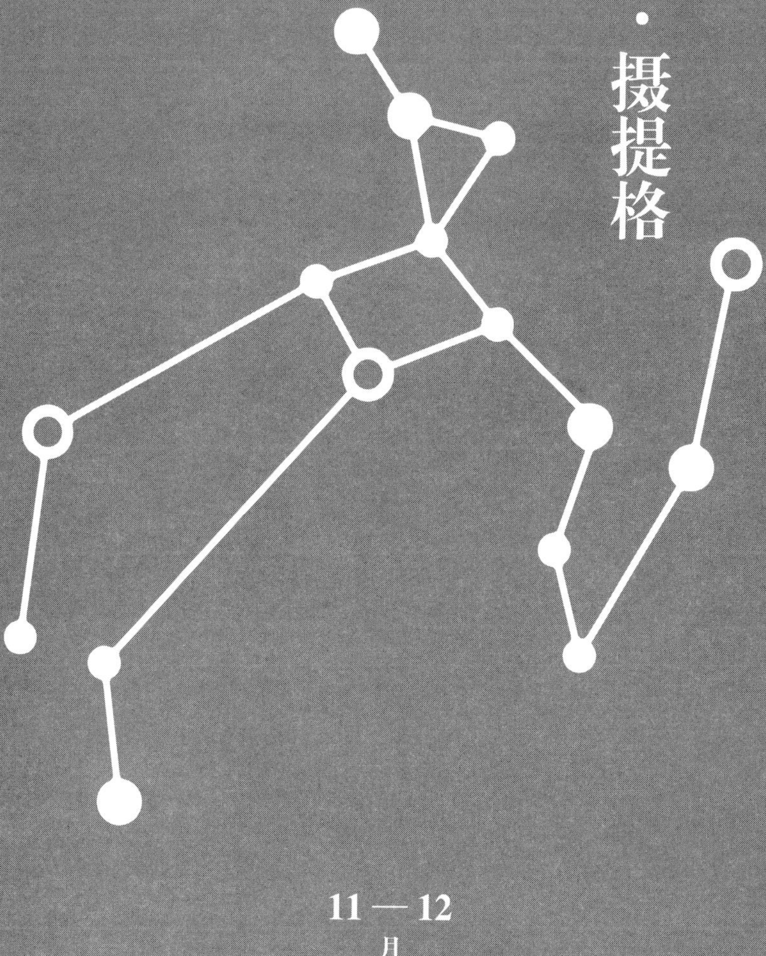

11—12
月

后麦子时代

阳光参与后，还是大片的麦子更为壮观。
空气在麦芒上喊痛，麻雀在上方欢呼。
麦子熟了，土地可以述职。
毡帽形状的粮仓开始被主人精心维护。
近处和远方的面粉机准备否定每一个麦粒的独立，大家庭似的面粉有着非凡的可塑性。
田野、犁沟、播撒种子的手臂；
冬天唯一能够绿的庄稼，八哥鸟欢叫出人间的收成；
旱烟、农人的脸及皱纹；
当我试图还原这些，我其实已经是面粉机的同盟。
在后麦子时代，生长的过程被忽略。
面粉是一种食粮，从麦穗上走下的麦粒，它们必须磨碎自己，必须重新彼此热爱，然后必须混合。

周庆荣

笔名老风。1963 年生于苏北响水。中国作家协会会员。“我们－北土城散文诗群”主要发起人，《星星·散文诗》名誉主编。1984 年开始诗歌写作，出版的散文诗集有《爱是一棵月亮树》《飞不走的蝴蝶》等。

节日，只是一场演出

只有清明节，死去的人
才被忙忙碌碌的子孙们忽然想起。这一天
纸做的房子、汽车、摇钱树……被抢购一空
十字路口，火的哭声
开始被爱人的眼泪点燃

陵园的舞台，堆放着各种各样的道具
不同角色的演员，　　登场
磕头跪拜，表情庄严
纸灰，哭声，像乌鸦般飞满天空
有的人，找到了肉体的出处
有的人，偷偷擦去眼角的泪水

仿佛一场戏散场，活着的人
开始工作，生活
死去的人，依然躺在冰冷的房间里
等待观看下一场演出

冰峰

本名赵智。现任作家网总编、北京微电影产业协会会长、世界华文微型小说研究会副会长等职。出版个人文学作品集多部，主编文学作品集数十部。

秋分

这一天我们相思，隔着白天与黑夜
隔着燕山与海水
隔着棉花与晚稻，隔着万里的秀美与
芬芳，一切都可以在中间隔着
但隔不着阳光和赤道
180 的黄金之光，就是一条通道
中间，任你我的爱自由行走
将世界均分
一半是你，另一半是我

雁西

本名尹英希，诗人、评论家、策展人，中国作家协会会员，出版诗集《致爱神》《致大海》《神秘园》等九部。曾获中国首届长诗奖、加拿大婵娟诗歌奖、第四届中国当代诗歌奖、两岸诗会“桂冠诗人奖”、首届博鳌国际诗歌奖年度诗歌奖、意大利但丁诗歌奖。

典礼

一些空气涌进耳孔
触动鼓膜
身穿汉服的小姐在那里弹琴
……其实，没有

空气的分子
带着动车、飞机和爱人的体征
流进瞳孔
抓不着这些瞬息万变

看着，听着
从电影院后门迟到而来的情节
系着一位绅士的生物链
……其实，没有

心静若空
用不着刷脸
通过无形的分子进入识别系统

那些个电子邮差来回穿梭
为小姐绅士传递声波、词语和音乐
听着，看着，眨眼的农业朝代
是棒棒糖……其实没有

有一个密码在暗笑
“识别历史，不如认脸”

沙克

六〇后诗人，生于皖南，现居江苏。当代著名诗人、文艺批评家、资深媒体人。曾获《文艺报》《诗歌报》《星星》等全国性报刊作品奖，近年获紫金山文学奖、杨万里诗歌奖、杜牧诗歌奖、冰心散文奖等奖项。

草们

秋天正一步步逼近
滹沱河边的十几种野草……
白露过后，秋分
寒露过后，霜降
而草们浑然不知，它们不舍昼夜的样子
依然像是活在春天
活在夏天，我不知道
该以何种方式来送别
我们非亲非故，非敌非友
我们的语言，亦无法同声翻译……

韩玉光

中国作家协会会员，1970 年生于山西原平市。出版有诗集《1970 年的月亮》《捕光者》。

二泉映月

不应该的祈祷
被熬成无法留恋的痛
你的双眸是我回忆的源泉

搀扶你流放在风雪的街头
潺潺的泉水哽咽，冰凉
潺潺的泉水哽咽，冰凉
寂静的黄昏
窗外秋水萧瑟
远山，浮云沉没

一曲凄哀的琴声戚戚而泣
月光搀扶你走进锡惠山
古寺庙的钟声飘越远洋

如黎明雄鸡的报晓
大街小巷准点泪眼迷蒙
被你远去的拐杖
一一戳痛而醒

安娟英

《中国诗人》主编、《伊甸园》诗刊主编、《诗路》常务主编，《词坛》杂志总编。出版诗集《花落无痕》《何处是江南》等。

落日

落日如盆，似锅
落日在沸腾
站在我家露台上
也是在高处
快来看呀
我还从来没有见过这么大的落日
在北京，这是第一次看到
在这一天
这一个时刻
也许是这一个时代
这样滚圆的落日
在冬天的方位
大雪洗过的北京，落日
还像一张放大的餐盘，若
烧红的铁鏊，烙着一张大饼
现在，她是一把烧着的大钺
劈向西山，显然是劈开了一道裂缝
晚霞飞溅，苍天流金
落日是谁能抗衡的砝码
她把灿烂明亮的一天
生生地拽进深沉的黑夜

王爱红

山东潍坊安丘人，中国作家协会会员。出版诗文集、书法集多部，曾主编或参与主编《当代著名诗人作家手迹》《火花》《中国诗人生日大典》等。

鬼魂节快乐

一年之中，活着的人
设计一两个日子，用来
纪念和追忆
死去的至亲好友
包括那些从未谋面的祖先
以一种约定俗成的仪式

于是在其他日子里
我们就能够心安理得地
忘记他们。至少
无须再于夜深人静
或者吃喝玩乐追名逐利之际
被他们打扰，令人心生愧疚

我知道这无非活人的诡计
模拟游戏中的纸钱以及其他
充满虚伪和对死人的欺骗
在夜深人静时我又想
若非如此自欺欺人
活人的日子该如何继续

如是我对朋友们说
鬼魂节快乐

耿占坤

河南柘城人，工作生活在青海西宁。从事民族文化研究和散文诗歌创作。主要著作有《青海湖传》《爱与歌唱之谜》《大香格里拉坐标》《四季落叶》《黄河传》等。

小雪

疯狂的寂静，雪的脚步像鬼魂重返人间
雪落无声，像梦遗的爱情，在红泥小火炉上
烘烤泪水，文字的疼痛蔓延，比时间更持久
如果饮酒，会发现时间是抽象的。譬如说
人有两次诞生：肉体与文字。谁更不朽？

读诗，该除掉喧嚣、诡诈、虚伪和文字上的霉菌
仅留下雪白的云和独钓寒江的孤独
像面对死亡的墓碑，袒露赤子之心
像瘦骨叮当的雪，降临在诗歌的蜀道上
唯有仗剑天涯的苦行僧，方可返回故乡

法卡山

中国诗歌学会会员、湖南省作家协会会员、衡阳诗歌学会副会长。著有诗集《夏日》《时光博物馆》。

快乐美食

大地写满初冬的凉意
温一杯红茶，像是品一缕红尘
在落地橱窗一角，窥视城市流动的符号
初冬，凋落了粉红嫩语
一切以素颜的方式，描绘着北方元素
但使城市能醉客
大街小巷无乱翁
一壶酒，莫使金樽无朋友

古明川

中国民主同盟盟员，现居西宁，西宁市作家协会副主席。

瓦片

由泥巴捏成，比泥巴坚硬
冲上屋顶
却面对更多风雨

瓦片屋里走出的人
经商，或打工
他们活着一口气，就没想过再回去

隔壁小嘎外出赚了不少银两
意外命丧后
灵柩被置于老屋内

失修多年的瓦片屋，漏雨
一滴敲在老母亲的枕头边，一滴
敲在他的灵柩上

他的老母亲蹒跚着
把脸盆放在灵柩上，为小嘎接住
最后的风雨

屋顶的两片明瓦
是上苍的一对眸子，俯瞰一切

李皓

1974 年生于江西新余。笔名白兔白，中国诗歌学会会员、江西省作家协会会员。曾获“中国好诗”奖等。

河床

流水把遗言刻在龟裂的河床
静寂中坦露的脊梁
——蹲守的石头亮出腹际的哑语

涟漪，船桨，游鱼已远离
远离的还有镜面上的鹰和星月
堤岸的古马队：看见
它们披戴的乡愁及伤痕了吗？

冷酷的极光复述着
时间：沸腾的河神在歌唱，洁雅中
绝对的秘笈

我俯身去倾听，躺着的河床

激湍，忧伤，仿佛水分子燃烧在乐谱中
仿佛干涸的又盈满

迷惑我，像我骨头内的猛兽
——咆哮着的岩石脸

梅蒲柳

本名彭小梅，广西北海人。荣获第九届中国短诗大赛金奖。

燕子

燕子来的时候，你刚起床
推开门，春快要结束了

燕子没有迷路，也没有人通报
这是哪一年的燕子
燕子的悲哀等同于你的悲哀
不被拒绝与挽留，来去隐秘
慌乱之中，你看见燕子的妆容匆忙
舞剧里的台词掉了一地

夏天就在不远处，你望着角落里的尘埃
站在落英的风里打开一片天空
提笔写信，有那么一刻
你感到身处异乡的伤感约等于今天的燕子
你们奔跑的速度几乎与翅膀与梦
与飘零随意的血液有关

树贤

本名冯树贤，青年诗人，大诗主义诗人。出版诗集《逃上一棵树》《白银之歌》，曾获第六届甘肃黄河文学奖诗歌类青年奖。

双乳峰下有座庙

长在长江边上的乳房
有着山峰一样挺拔
可以容纳百年古庙
此时我进入庙堂，不见香火
菩萨们也不知去向
墙壁上残留着一些标语口号
朋友说古庙曾做过学校
我一下就明白了
双乳峰下的孩子和菩萨
都早已长大

涂拥

四川泸州人。诗作散见于《诗刊》《解放军文艺》《星星》《草堂》等，并入选多种年选。

茫茫戈壁

灰色，是沉寂温暖的
隐约，是遥远清透的

在神木园戈壁，水雾与太阳的光辉弥合在一起
达成某种交融的默契
坚韧的骆驼草，惊异的壁虎
彩色的沙砾，干枯的流沙河
和沉迷的我，都被收拢其中

那一刻，我是走失的沙砾
如同造物主的安排，在这荒凉的放荡不羁中
经历雨水、狂风
经历本能与大自然的抗拒，移植到骨髓里

那一刻，戈壁深处盘踞的骸骨
时有回声，谦卑与尊严
在驰骋，在西部的大漠中落下来
万物生长的光线，在荣耀的光辉中落下来——

魏银龙

笔名默风。著有诗集《悠长的忧郁》、散文集《像时光一样柔软》。

沙漠的金黄，腹地是曾经辉煌的心脏

沙漠的金黄，腹地是曾经辉煌的心脏，
与之风暴抗争的勇士已逝去，
谁复堪与言说？
我们彼此谈论的荣耀，
空白占据全部荣耀之时，那荣耀
便也空空如也，在某个王朝的特定时段，
并不是某个重要时刻，
那些辉煌在数世纪内口耳相传，
悦耳或冷酷恐惧，
我们不是它的见证者，
只有沉默被词语讲述的历史，
其中某些引以为傲的，也同样令其蒙羞，
多余的礼赞杀死了他们的荣耀，
多余的影像都在编制着过多的辉煌，
包裹他们的是尘土飞扬、
点缀的是孤月，充满的是虚无，哦，楼兰。

许言木

1994 年生，贵州省黔东南州侗族人。贵州省作家协会会员，作品散见于《诗刊》《星星》《江南诗》等，著有诗集《金羯》（2016）、合集《隐喻》。

画一栋房子

我留给自己一半春天
来回忆夏夜与藤蔓
垂入庭院的银光

明亮的虫鸣伸出手
关门声连成一片马鞍

我说给夜的女儿
羽毛一千次吻
披时光的长裙
通往海底的井

林江合

2002 年出生，海南省作家协会会员。诗歌在《诗刊》《诗歌月刊》《中国诗人》《读者》等发表。

光阴收集的花瓣

温养过春暖花开的梦
散落到低处的尘世，一次惊醒道出实情
纹路暴露，参与进来的人
都有独一无二的理由
——随性就好。担忧，连着过目不忘
她比我更加紧张

那一处弱点
无法回避，如同无法回避花朵的凋谢

即使拼命地争艳，即使被怀旧的人
演绎成生活的爱慕，她承认美丽与忧伤
已经同时现身，每收集一片花瓣
会竭力思念

那些远去的事物
依旧棱角分明

朵拉

本名程勤华，居上海。诗作散见《诗刊》《诗歌月刊》《绿风》《诗潮》等。

梵净山：护国寺

在护国寺
我没有焚香
没有跪拜
我只是在佛像前
默立了几分钟
我不敢看那高高在上的笑脸
他笑不露齿
让我想起生活中
很多人
他们长得像一尊佛
却难有一颗慈悲的心
我知道，我不能算一个虔诚香客
我拒绝了寺里的和尚
向我推荐的高香
而是静静地躲在远处
听寺里传出的晨钟暮鼓
我多么羡慕
寺里的那个敲钟人
他不用讲经
只需敲一敲钟
就将一座寺庙
放在很多人的心里

非飞马

土家族，1982 年生于贵州印江。曾在《诗刊》《星星》等发表作品，著有诗集《爱的咒语》《像一片树叶》。

山丘

坡度平缓
这不疾不徐的过往与未来

红狐过山丘，省却惊鸿一瞥
少女处于丘陵地带，省却悬崖勒马
梯田起伏在油画中，省却平淡无奇

印象派画技精湛，用落口调色
洒扫白云万丛，在天空布置风过芦苇图

我站在山丘仰望
我与天空的距离
等同于金黄雏菊与天空的距离

再过片刻
月亮就会升起，在芦苇尖荡漾

冯果果

土家族，1982 年生于贵州印江。曾在《诗刊》《星星》等发表作品，著有诗集《爱的咒语》《像一片树叶》。

提灯的人

黑夜提着白昼
摩肩接踵的人群提着自己的影子
乌鸦提着栖身的树
提灯的人提着尘世——
从一城绚烂中挑出灯芯
从四处的污浊中择得慈悲
当一河的月亮熄灭黑暗
一盏灯模仿神圣
好看的光线从低处
献过来

宫白云

现居辽宁丹东。著有诗集《黑白纪》《晚安，尘世》，评论集《宫白云诗歌评论选》《归仓三卷》。

白桦树

农场的外面天气很好
晚霞斜出一条小道
通往大山的深处

时光，变得那么亲切
那么清冷消瘦
骨头一样坚硬沉静

风的嗓音只会呼喊
这无边无际的吼叫之后
剩下一地无与伦比的温柔

路的两边是白桦树
在雪地里它就是个晶莹剔透的精灵
带着笔直的想往
探讨掷地有声的豪情

那份从古至今的洁白
天真无邪
让你甘愿把思想的高度擎得再高

然后，放置在树梢以上
给远处的天空点燃篝火
让将要消失的热烈
再度升上心海

郭金龙

辽宁昌图人，六〇后诗人，生于辽宁兴城。中国作家协会会员、营口市作家协会副主席。出版诗集《太阳雨》《郭金龙诗选》，长篇小说《一轮满月》。

怀念龙驿

刻在龟背上的符号是一种象形文字
预示农事、谷雨、神的接引

一只粗笨的烟锅，火柴划开
闪电与光芒。
就这样传递着，古老的智慧
哲学与刻在金石上的文字

书法是一种洒脱的精神面貌
雕刻是一件灵魂打磨的血器

戊戌交临的时刻，龙驿先生悄然离开了人世
在传道授业中停止了脚步
天国，是诗歌的乐园
一座盛放美酒与词语的图书馆

邯冰

本名马宝军。1986 年生，甘肃泾川人，大诗主义者。在《中国诗歌》等报刊发表诗歌一百五十首。

深海鱼

走在雾霾浓郁的街上
感到呼吸困难
身体正在上升，不知道
距离水面
还有多远

在浮出水面之前
他还有许多事情要做
比如上班，洗碗，看电视
看国外的烽火。抽空
去开一个房间，傻傻地等

洪亮

又名钟馗，河北人。代表作《武当山上》。

醒不了的梦

我打开心扉
是为了让哨声传得更远
穿过密不透风的隆务峡谷
抵达那个比梦更遥远的远方
镶着金边的远方
星辰的光芒逐渐暗淡
无边的黑夜里，我只想保持沉默
我们都是不曾被命运加持的孩子
我们在无边的草原上牧羊为生
我们在宽阔的麦田里捡拾麦穗
偶尔休息，偶尔哭泣
偶尔迎风歌唱
不要问一朵蒲公英，你要去哪里
河流自有它的方向
没有人能在大地上留下脚印
佛光普照的高原
快乐与悲伤
界限如此模糊

花朵

原名华果，藏族，现居青海黄南。作品散见《雪莲》《青海湖》《青海日报》等。

第X辑

摩羯星·赤奋若

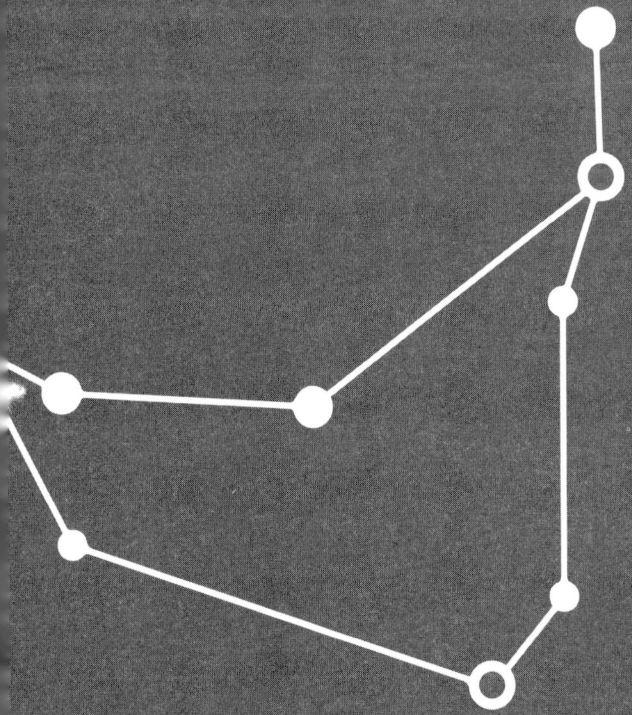

12—1月

澳门感遇

一些人的命运，被赌盘转得飞快时
你却一刻也待不住——

你宁愿闲在新鲜的脚步声里
宁愿让港湾的雾气，把你灌得恍惚
宁愿远远看着一个女生
想几个熟悉的名字

一片落叶，滚到她的脚边
是要替你和她交谈吗？此刻的她
还能搅动已经变成石头的爱情吗？

在澳门，你遇到一个女艺术家
感到她隐秘的美，像伤口一样深
她使喧闹的大街，变成可以隐居的郊区
她一开口，你就变回成一个青年

你用喃喃自语，继续打扫自己的中年
落日下山前，你欣慰的是
海面已长满与你同龄的皱纹

黄梵

1963 年生，湖北黄冈人。诗人、小说家。已出版《第十一诫》《浮色》等。部分作品被译成英、德、意、希腊、韩、法、日、波斯、罗马尼亚等文字。

在秋天

在秋天
一只小小的变色龙
站立在荣枯相间的草丛上
秋风吹拂这片草丛
它的身体随风飘动
仿佛　在秋风之上

高楼们造起来之前
这里是它的领地

那时候没有人这样看它
它也不用歪着头警惕地看我

它和我一样是四肢动物
它的今天，也许还是我的从前

它保存着一条长长的尾巴
没有这条尾巴，该有多丑啊
就像它面前的人类一样

韩庆成

干预诗歌理论提出者，代表诗人之一。著有诗集《城市和乡村的边缘》《除了干预我无所事事》，主编《异类诗库》《百年新诗典藏书库》《21 世纪华语诗丛》《国际诗人丛书》和《诗歌周刊》。曾获第四届中国当代诗歌奖、第三届中国长诗奖、2018 年度十佳华语诗人等奖项。

回到冬天

出生地不可以改变：一个到了
热带的人，并不能被欢乐久留；
现在，故乡是冬天
明明知道，仍得回到寒冷

南方之所以令人神往
是本性中对光亮、色彩和温暖的契合
很多人心情急躁或过于悲观
从主客观两个方面丢失现实
在南方的热闹中
我们找到无拘无束生长的瓜果
奇花以舒适开放给人的心灵补充

躲过故乡一场汹涌的雪
也染上了相思病和自责症
波音飞机黑夜中向北，自甘与
不可知为伍。看不清远近，
似有的一点星火，像另一个人
在返回中的泄露；恢复的咳嗽
此起彼伏，空间无法躲过
潜伏在生命中的定律在冷热中
各司其职，适时呼应

深夜的城市清冷，唯语言温暖
家人准备好的厚衣等候多时
在寒冷中与熟悉的过去继续
相信只要耐心体会
寒风和冰凌，是生活转换的
另一种美

龚学明

1964 年生，江苏昆山人。高级记者，中国作家协会会员。现为《扬子晚报》“诗风”诗刊主编。

六行：远望江东

我曾从垓下的边缘走过
霸王，这充满血性的男人丢了山河
一刎成悲歌

姬
获得真爱的人，绝美的人
一泪染秋色

舒洁

蒙古族，蒙名特尼贡。内蒙古赤峰人。主要作品有诗集《心灵的故园》，长诗集《帝国的情史》《红》《母亲》等十八部。

梨花白的清香

月牙儿弯弯，一头挑起你的羞涩
一头钩出我的胆怯

梨树，叶青花白静静地绽放
梨花白的清香呵，正从你身上溢出
如手指顶在我的腰上
别动，我乖乖地举起双手
你的笑一抹娇红写上你的脸庞
钻进我的心房

月光朦胧，夜色袭人
乍暖还寒梨花雨，你的脸 梨花一样白
我的心 梨叶一样青

那夜后我热爱梨花
热爱梨花白的清香。每当月圆
银光闪耀，梨树叶青花白时我总会屹立
那条依旧铺满梨花的小径上

这时，总是月满枝头
传送花开的声音，依依月意随微风
袭人，却是残香无迹
是你呵！是你，带走了
梨花白的清香

欧阳黔森

1965 年生，湖南隆回人。文学创作一级，一级编剧、国务院特殊津贴专家。先后在中文核心期刊发表长、中、短篇小说五百余万字。现任贵州省文联主席、贵州省作家协会主席。

第二天

一个人醒来没有欢呼声。
两个人醒来，和一所房子。
醒来。
醒来没有欢呼声。

所有人，集体醒来，在黎明堆。
在黎明。此时队伍庞大，但没有欢呼声。
寂静埋藏最后，一粒黑纽扣，在使劲。

每天第一步静寂无声，直到怀疑遭遇肯定。
那人没死。
那个没有死去的还活着，所有人都活着。
但不必欢呼。

白月

中国作家协会会员。参加第三十一届青春诗会。著有诗集三部。

光明殿

哦，星辰
那么多辉煌的岛屿
旅行的帆船
我径直走向你
光芒铺展的辽阔彼岸
永恒的光明殿堂
没有苦难
没有死亡
那催人泪下的残酷游戏
一切都是青春飞扬
一切都是闪耀的不朽实体
看哪，四周环绕着永不凋谢的无尽花园
人们谈笑风生，说着简单的快乐的话题

曹有云

1972年生。中国作家协会会员。现任青海省作家协会副主席、海西州作家协会主席、《瀚海潮》副主编。著有诗集《时间之花》《边缘的琴》《高地大风》等。

呼伦贝尔大草原

这一刻，所有翻滚的云朵都成了积木
神的无聊在于，不断地推倒重来
执拗地建构着草原以外的任意景象

这一刻，大地患了强迫症
身着草绿色，耳畔唯闻浩浩荡荡
风吹草低见牛羊，不过是一次开小差

这一刻，我爱上了莫尔格勒河
它以扭曲为美
同时爱着天的蓝、云的白、草的绿
和花的红、黄、紫
这一截儿花花肠子
这一条发着光的蚯蚓
正由着性子
在草原腹地穿行

东篱

诗人。著有诗集《从午后抵达》《秘密之城》《唐山记》。

木槿花

六点零三分，地铁以推理演绎的
方式，找到世界的意义
现实是语言的倒影
车厢里，我们用动词
浇灌了一株生长缓慢的
木槿花

当使用日常词汇时，你我已经忘记
木槿花由秋到冬，在它的体内
产生一次次回潮和逆流

到站，下车，转身走进相反的路线
车厢忽明忽暗，语义无法生成
其他任何事实。肢体
在阴影中生锈

那么重新开始，我擦亮自己的咽喉
借助词语聚合形成的短接回路
让车厢明亮起来，有人
开始上车，紧抓手柄

木槿花卷曲的茎干告诉我们
你、我都是它
遥远的旁枝

贾浅浅

陕西省青年文学协会副主席。西北大学文学院副教授，文学博士。参加第三十五届青春诗会。出版诗集《第一百个夜晚》《行走的海》，荣获第二届陕西青年文学奖。

当时间锈蚀

当黑夜在暮霭中
清空自己
水中倒影锈蚀的孤绝之声，
混沌的时间开始拨动指针

鱼群扎进深水，在猎食
通过一粒气泡发声
动物只是猎物之一
在矛盾中选择中立

然而，人类从未停止吸氧
当造物之初，万物还没有名字
你探索时间的地下墓穴
一把锁在不断尘封真相与事实

丛林里，动物在缩减
盗墓者渴望打开大门
猛虎的心在抽芽
你朝向幽暗的谷底坠去
想象着艺术而具体的死亡

一个灌满风的隧道
指针停止转动，
旧的物种被新物种替代
缺氧之外的钟声
鱼群已离开它的倒影

粒粒

本名杨娜，青年诗人、导演，现为四川省作家协会会员，诗作在《诗刊》《山花》《西部》等发表。出版诗集《冷藏的风景》，导演纪录片作品《中华门》在CCTV10播出。

在这个荒谬的世界活得风轻云淡

在这个荒谬的世界中
努力工作，赚钱，恋爱，成家
一点都没有错

想一想五六十块钱一斤的猪肉
几万块一平方米的房子
还有上一个幼儿园一年大几万元人民币
生一次病得蜕一次皮

以至于多少人在自嘲
生不起，活不起，病不起，住不起
甚至死不起
这个世界真是荒谬啊

活得风轻云淡的人
得放下多少世俗的羁绊
拒绝进入尘世的繁华
视凡夫俗子痴痴追求的富贵荣禄为弃履
喜欢上孤独的生活
自个儿孤独的思考

虽然情非所愿

冷先桥

江西修水人。广东省作家协会会员。出版诗集《心路漫长》《诗歌十人行》等。

你是谁

大片云层，裸睡于地板
模仿过的村庄
不知道有怎样的觉醒
花朵盛放，有人敲着我的门

一束纸被解开
歌唱着，树枝投射的阴影
吃紧的历册不放
可以不听，有风吹来

把头埋在胸前的原因
长衫散落
一梦初过，浓郁花香需要更多的雨水

离兮

八〇后女诗人。河南焦作人。

黄河口

带着泥沙俱下的心事，绕过高原，躲过高山
曲折的行迹中深藏着东流入海的愿望
奔腾的气势，消失于疲惫或者迷失于开阔
一条河流，前行中不断修改足迹
甚至将自己抬高，让水流在地平线之上

无法顺流而下，去见证河流不断丰盈的身体
铁轨截弯取直，拉近陌生城市。我的到来
也因此避免了漩涡、回流，以及多余的倒影
试图让思绪逆流而上，去探寻一条河流的秘密
“她将黄土高原的高度变成了这里的厚度”

就要投入大海怀抱了，黄河一改原来的面目
平静的水面，托起野蛮生长的芦苇
在海风到来之前，仿佛世界都已经静止

接下来便是一场对决：黄与蓝，或者泥沙与盐
黄河不会再流回去，波动的分界线终将模糊

李东

1988年生，陕西洋县人，现居西安。作品见《中国作家》《诗刊》等。著有诗集《时间迷津》、文化访谈录《思想之魅》。曾获第三届中国青年诗人新锐奖。

鳄鱼钥匙扣

一枚来自泰国鳄鱼的前爪
伴着我的钥匙，已有三年
它已油亮，有弹性指甲，它柔软的
辨识度，高过钥匙的冷静
今天，在菜市场，有一瞬间
我以为钥匙丢了

包很大，大巳黑，我胡乱翻找
的指尖，碰到一只小手
暖暖，握了我一下

是的，隔着三年时间
死去的小鳄鱼
伸出它被人类剁掉的小手
拉我回家

胡茗（胡茗茗）

中国作家协会会员，诗人、编剧，曾参加第二十三届青春诗会。其作品散见于《人民文学》《诗刊》《钟山》等刊物及各种诗歌选本。获 2010 年度中国作家出版集团奖、第三届中国女性文学奖、河北省第十一届文艺振兴奖、《诗选刊》年度杰出诗人奖等。出版诗集《诗瑜迦》《诗地道》。

母女

母亲
把我厨房地板上
的东西
一一归位

时间久了
我又一一
还原

她说我
我也说她

马丽

1970 年出生，中央财经大学文化与传媒学院教授。写诗、散文、画画。在《大公报》《诗刊》等报刊发表诗歌、散文数百篇。

走近古庙

秋雨在秋天里飘呀飘
秋雨中我走近一座古庙
半是游人半是香客
古庙里依旧青烟袅袅

我想到寺院去看一看
那晨钟暮鼓是谁在敲
走了一半我停下了脚步
我怕我的冒昧把他打扰

我想到寺院去看一看
那流云落叶是谁在扫
走了一半我停下了脚步
我怕我的冒昧带来尘嚣

秋雨在秋天里飘呀飘
古庙外有一座青石小桥
小桥对岸是我的前世
前世不知我今天来到

毛翰

湖北广水人，任教于湖北文理学院、西南大学新诗研究所、华侨大学文学院。出版《诗美创造学》《歌词创作学》等。

在艺术的世界种植松柏

一群游鱼在睡莲深处笑着
笑声萦绕整个容德堂
太湖石于窗前正襟危坐
正襟危坐的还有紫檀龙椅

我们享用丰盛的家宴
亲情般的温暖溢满全身
我们用诗的语言描绘生活
用厚重的笔墨铺陈画面

我们不逃避衰老的现实话题
在艺术的世界种植松柏
我们不惧怕独辟蹊径的探索
于沉静的时光致敬经典

舒然

诗人、艺术策展人、画家、收藏家，现居新加坡。著有诗集《以诗为铭》及合集《女人之约》。

故人

火堆已经熄灭，取暖的人
不知所终

时间的灰烬，始终
没有复燃

孙思遥

1991 年生。作品见于《草堂》《诗刊》等。

我只想抱紧你，这一千吨沉重的秋风

我只想抱紧你，这一千吨沉重的秋风
从对岸一次次拉起相逢、分别重叠的倒影
沉默的船队马上就要解除缆绳
想象中的雪花明晚就呼啸来临
你所在的河岸已经快要抵挡不住

时间停止了脚步，道路抽走了梯子
永安桥下流水泛起旧日的陈旧
在浏河镇，我们止不住回忆这些许的仓促
你谈及每一次出发与抵达
我谈及一辈子要遭遇的风暴和航行

它们远远地啊，一直跟在你的后面
这其中的曲折与痛苦，远比我们更要久远几分？

唐益红

中国作家协会会员、常德市诗歌协会副主席兼秘书长。作品散见于《诗刊》《人民文学》等，入选多种诗歌年度选本。出版诗集《我要把你的火焰喊出来》《温暖的灰尘》，获丁玲文学奖等。

夜如钩

谁点燃了落霞的熔炉
谁在山顶上锻打一枚银钩
火星四溅
溅到天上的，星光闪烁
落到地上的，萤火纷飞
我在童年捉青蛙
微风拂动秧苗，清香四溢
我用如镰的弯钩
收获一片蛙鸣
也收获蛙鸣中的芬芳与宁静

田斌

中国作家协会会员、安徽省作协理事、《鳄城文学》主编。在《人民日报》《诗刊》《人民文学》等报刊发表诗歌千余首。著有诗集六部。

屋上炊烟，走着走着就不见了

我童年的许多事物
在这一天
被雪一一照亮
踩着冰走
到河对岸

把一个名字再冻硬一些
我爱他背后的风声
落日拄着拐杖回家
屋上炊烟
走着走着就不见了

我是那瓣冻不僵的蒜
抱紧怀中的石头

王爱民

1968 年生，辽宁营口人。某文学月刊主编，
作品多次获得奖项。

风穴寺

寺住进风，穴住进风
风住进大钟
九千九百九十九斤

风诵经文，漫山皆顿悟
我敲钟一千五百岁

风穴寺的风
状若莲花
色若丹朱

风穴寺是一粒钓钩
风就是河流

我到此一游，收获风声：
九千九百九十九斤

衣水

1980年生。青年诗人、作家、编剧，《三悦文摘》主编。作品散见《星星》《诗刊》等。

杏花村

小楼一夜并未听得春雨，搁在檐下的
忘了收进屋的白瓷碗，倒是盛足了满碗的杨柳风。
她起身，想起新绣的那双缎面花鞋。

阳春三月的天。远远传来敲梆声，村口戏台上娓娓唱
不停是风月情浓。她如往日一般，打开镜匣
邻家的私塾开始早课，稚气的读书声绕过马头墙
落在她久未推开的木格雕花窗，沾衣欲湿杏花雨。

就是今日了吧，罗袜选取鹅黄还是柳绿色呢
那人捎来的绢花和小笺终于可从箱底拿出来了
画眉就用城中流行的新妆样。

走到村子口，不要只走一步，也不要三回头
别等到一汀烟雨拦住了离村的长路。
别又被村外正闹的杏花抖落一身深浅红。

鱼小玄

诗人、专栏作家、画家。创作诗歌十余年，在《人民文学》《诗刊》等刊物发表诗作百余首。

昆仑山

连绵起伏的山峦伸进了阳光的裂缝
将天空和鸟，渐渐抬高
满山都是传说、英雄、冰雪、风和太阳

鹘鹰呼吸天空的重量
它们翻耕云朵，采摘闪电、雷霆
竖起一片辽阔的墓碑

一只鹘鹰，指引我行走的路径
我躺在一丛红柳下看昆仑山
我触到了一只土狼蓬松的尾巴

黄恩鹏

中国作家协会会员，著有《到一朵云上找一座山》《撒尼秘境》《过故人庄》《发现文本》等。

黄叶

事实是，它黄中偏红
像蝴蝶被赐予了一小片火焰
而静止的定律来到了人间
挂于枝头的人们也未必重视它
因为寒风没有带来巨大的冰雪
它的站立，只属于
风景中的小物件，和诗句中的
某个隐身的人物

我不要求这冬天的古老
我只要求，这黄叶
突然被锁具的沉默打开
所以，微小的幸福
也能就此抖动、燃烧

黄劲松

1968 年生，江苏昆山人。系中国作家协会会员、中国诗歌学会会员。现为昆山市作家协会主席。在《诗刊》《十月》等发表作品，出版《采莲》《与春天有约》等。

第XI辑

水瓶星·困敦星

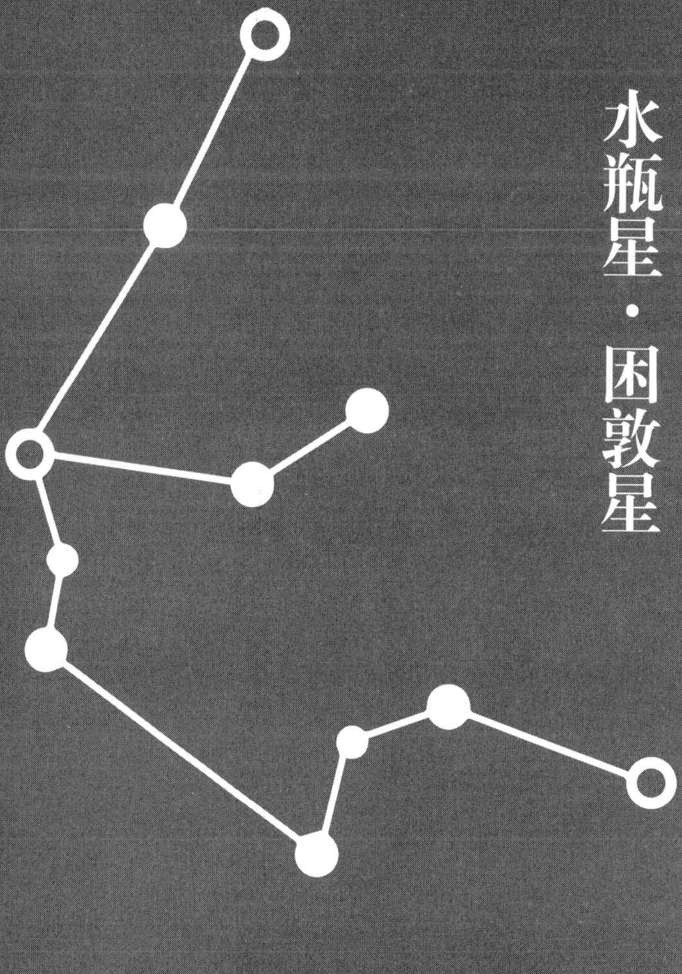

1—2月

对我们而言……

对我们而言，祖国不仅仅是
天空、河流、森林和父亲般的土地，
它还是我们的语言、文字、被吟诵过的
千万遍的史诗。
对我们而言，祖国也不仅仅是
群山、太阳、蜂巢、火塘这样一些名词，
它还是母亲手上的襁褓、节日的盛装、
用口弦传递的秘密、每个男人
都能熟练背诵的家谱。
难怪我的母亲在离开这个世界的时候
对我说：“我还有最后一个请求，一定
要把我的骨灰送回到我出生的那个地方。”
对我们而言，祖国不仅仅是
一个地理学上的概念，它似乎更像是
一种味觉、一种气息、一种声音、一种
别的地方所不具有的灵魂里的东西。
对于置身于这个世界不同角落的游子，
如果用母语吟唱一支旁人不懂的歌谣，
或许就是回到了另一个看不见的祖国。

吉狄马加

现任中国作家协会副主席、书记处书记。主要作品有诗集《初恋的歌》《鹰翅与太阳》《身份》《火焰与词语》《我，雪豹……》《从雪豹到马雅可夫斯基》《献给妈妈的二十首十四行诗》《吉狄马加的诗》《大河》（多语种长诗）等。

隔空

很南的南方，
与西南构成一个死角。
我不喜欢北方，所以北方的雨雪与雾霾，
胡同与四合庭院，冰糖葫芦，
与我没有关系，没有惦记。
而珠江的三角，每个角都是死角，
都有悄然出生入死的感动。
像蛰伏的海龟，在礁石的缝隙里与世隔绝，
深居简出。
我居然能够隔空看见这个死角，
与我的起承转合如此匹配，
水系饱满，草木欣荣。

梁平

当代诗人。现为中国作家协会诗歌委员会副主任、四川省作家协会副主席、成都市文联主席。著有诗集《梁平诗选》《深呼吸》《家谱》等十一卷，诗歌评论集《阅读的姿势》，散文随笔集《子在川上曰》。获第二届中华图书奖特别奖、中国作家郭沫若诗歌奖、十月文学奖、四川文学奖、巴蜀文艺奖等。

伦敦手记

把自己证明清楚并不容易，把自己洗干净也不容易
尤其是内心的角落与过往
我坚持让头发自然晾干，打算学习宋美龄
让头发自然生长，长发及腰
话说会不会成为一只老妖？

不清楚你是谁的宝，错过的岂止是吗哪
九月的桑葚还在瑞贝卡家的冰箱里
我们吃到的是季节。来年九月，公园里
会再次挂满野果，像以色列人出埃及
途中断粮天降吗哪在晨雾之中
一旦天亮，太阳出来，食物就没有了
有时，你错过的何止是叩门
一颗水滴，水滴中的祖国以及海子的
以梦为马，一声长啸，冰凉的三月
铁轨，勇气，全错过了

所以，你以为这是无聊的苟活
苟活也得活着，上帝说，生命是我给的
何时结束我说了算，你不能决定
我再次看到长着两副翅膀的天使
趴在花园的桌子上，可是
为什么要两副翅膀呢？

梅尔

本名高尚梅，祖籍江苏。1986 年开始发表诗作，著有诗集有《海绵的重量》《我与你》《十二背后》等。

情绪——在青海湖畔

在青海湖畔放声大哭，并非要对峙于困顿。
黄昏却覆盖孤零零的青海湖
凭水的蓝色挣扎着，奋力的
不愿让一摊血的哭腔在空旷中飘来荡去

我哭松弛，我哭寂静，我哭释梦的开始
哭我穿行在早先错落的情绪中
我祭奠灵魂的活动，我想起古乐断弦的情景。
大哭一场，不是因为体内的屈辱堆积太多

当泪珠儿跃入湖水。泪珠儿生出裂缝
浪花托浮寒噤而神传满地
那边，牧羊女转过来的洁白的身影
是刚读到的诗行，是刚刚看见的高原风光

我，自然久远了。所以萧瑟地哭。哭得破败。
我的自由是嚎啕的匍匐辗转
是不知道什么时候停下来，是私藏下的风声

肖黛

祖籍山东荣成，生于福建厦门，长于浙江舟山，曾在青海行政机关和高校供职，现居成都。先后在《人民文学》《诗刊》《中国作家》等刊物发表文学作品。出版散文集《寂寞海》，诗集《一切与水有关》《肖黛诗文集》等。

悬崖之蜜

将世间仅有的一点儿甜
悄悄地藏起来
藏于花岗岩的乳房
尝尽苦头的舌头

绝望之际还能想起一丝
几何学的甜，建筑的甜
爱情气味刺穿绝望
和千仞绝壁

唇齿间无限珍惜的花朵
须赠给不朽的太阳
物尽其用，一生
枯荣止于此

蜜的圣经，甜的传教士
雪雕难及的悬崖之上
反复演奏黄金的
管风琴

向以鲜

诗人、四川大学教授。20 世纪八九十年代与同仁先后创立《红旗》《王朝》《象罔》等民间诗刊。有诗集及著述多种，获诗歌和学术嘉奖多次。

穿着大马猴睡衣坐在冬日阳光里写诗

因为独处
才有了我
因为有了我
才有了人间
我往东西南北轻轻一看
世界就这样成了
那些在抱怨里度过一生的人
从没发现神就在自己身上

放下所有黑暗的杂念
看这阳光里不能发光的万物
砖瓦草木和行人
如同光源一般精彩生动
把苦果吐出
倒满杯清茶
最好的时光不是少年而是此刻
虽然寂寞，却不孤独
虽然短暂，却不虚无

阿斐

本名李辉斐，1980 年生于江西都昌。诗人，现居杭州。

灯管之歌

千根灯管在会议室，
一起推敲，
一起交谈，
一起晃动。

百位作家在开会，
他们也像灯管，
一起推敲，
一起交谈，
一起晃动。

快要坏掉的灯管，
没有人维修，
叮叮当当地演奏。

快要淹没的作家，
没有人倾听，
自言自语地讲述。

白鹤林

1973年生于四川蓬溪。中国作家协会会员。主要著作有诗集《车行途中》、诗歌赏析集《天下好诗：新诗一百首赏析》等。

春风沉醉的夜晚

夜晚的芬芳，令人迷醉
假如还能一如当年
这样相互偎依，坐看山脚下的万家灯火
心中暗生的情愫，春风般沉醉
那该多么好
想借你的肩膀哭一哭
哭错过的时光，哭我们还来不及拥吻
就被各自的命运推着，各奔东西……
这些年带着体内的桃花春水
在人间随波逐流
我们早已是被生活酿就的一杯苦酒
在今晚，趁着春风缠绵
相互干杯，然后
就此别过。但不许回头
生怕回眸的视线，是那把抽刀断水的刀
轻易地将自己剥得，体无全肤

白象小鱼

本名陈铸宇，七〇后，居乐清。温州作家协会会员，任《塘河文学》编辑，诗作散见《诗刊》《星星》等。

斯里兰卡的乌鸦

一个白人老头跑了过来
告诉我餐盘中牛角面包的去向
我大概知道发生了什么
向他道谢，并祝他用餐愉快

走廊里
乌鸦们窃窃私语
黝黑的羽毛干干净净
它们摆弄着高傲的姿态
却还是惦记着人们剩下的食物

最后
我用一杯咖啡打发时间
独自看着周围的一切
包括这些无所事事的乌鸦
原来在斯里兰卡
它们被娇宠得无法无天

陈慧遐

土族，1986 年生于青海省西宁市，毕业于中央财经大学。青海省作家协会会员、中国青年作家协会会员。著有诗集《蓝色玛格丽特》《一湾清流》。

大雪埋葬了人间

雪停下，太阳升起
白茫茫的湖面
堆满了尸体和骨头
闪动的粼光灼痛我的眼睛

一个人，在湖的中心
在白毛风的旋涡里
行走奔跑或躺下
写字涂抹或堆雪人
大笑呐喊或哭泣

为某个人，某件事
某句谎言，某个黄昏
与自己为敌
与天下为敌

空荡荡的原野
更空荡的是那轮太阳
山腰上，那个张开大嘴，大耳
大胸，大肚腩的弥勒佛
笑眯眯地俯瞰
大雪埋葬的人间

暮鼓从玉佛寺传来
一群乌鸦落下来
梁山伯来过又走了

陈树照

中国作家协会会员。曾参加第二十一届青春诗会。著有诗集《远方》《空城》，长篇历史小说《左宗棠收新疆》（合著）。

沙事

沙子美妙，每一粒都美妙
无比，像小得不能再小的孩子
每一粒都干净，轻，淡
在阳光下微光闪烁
仿若世间最小的真，最小的善
一粒一粒，它们半睡，又半醒
躺在呆呆岛的沙滩上
一副无论古今
随遇而安的样子，走过它们
就像走过——记忆，深一脚
浅一脚，就像年轻的父亲
再一次，从童年走向大海

孔令剑

1980年生于山西绛县。现任山西文学院副院长、山西省作家协会诗歌专业委员会副主任兼秘书长。出版诗集《阿基米德之点》《不可测量的闪电》。

三个孩子

果盘的果子
散落一地了，有的已经腐烂
画静物的画师消失在墙上的画里
而画，已经斑驳

三个孩子在房间里表演哑剧
一个喂布娃娃喝牛奶
一个拧座钟的按钮
一个在躺椅上有节奏地摇着

一阵钟声响过
三个孩子慢慢走向窗口
光线像用旧的赭石色
他们没有留恋，一跃而起
像三只鸟跳向虚空

——第一个跳下去的孩子
叫春天

方启良

湖北罗田人。中国诗歌学会会员。作品发表于《诗选刊》《流派》等刊物。

晚雪

不想梳头
以免跪在地板上捡头发

不想看见
无法引线的锈针

和公共卫生间的
落地梅花

雨阳蓬挂着冰凌
和寒风的抖音

三季的玻璃水杯
用作了冬天的暖手器

我要好好款待老年的
大雪

再和春天一起请出
白雪下的草人和卵石上的山水

阿毛

诗人、作家。作品有诗集《我的时光俪歌》《变奏》，散文集《影像的火车》《石头的激情》等，长篇小说《谁带我回家》《在爱中永生》等。

雪意

阳光照亮黑暗里的淤泥。

一泓清泉，沧桑的古树，巍峨的雪山，都在吟一首
　充满高昂激情的情歌。

布谷鸟在叫。

水声潺潺。

清纯，淡然。

神鹰飞过雪山，羚羊奔向草原。

酥油奶茶的清香，浸湿了我的脸颊。

太阳和他的影子挪移雪山的尺寸，篡改河流的方向。

　大雪漫山，跨过对岸的河流，在时光　中绽放自己。

郭良忠

甘肃甘南人，作品见于《散文诗》《绿风》《中国校园文学》《飞天》等，著有诗集《流淌在高原》。

父亲

每次看见，都会臆想他还活在这世上
二十九年来
暗黑的相框，被母亲无数次擦亮
秋天的鲜果，无数次摆放
已不食人间烟火的父亲啊，他的目光
无数次刺破我的旧伤。
在春天，父亲栽下的桃树会在那里开花
整个院落、山坳被春光染亮
而父亲的身影在小院进进出出
已成为记忆里寂静的一部分，没有声响
有时候，我在茫茫人海中
会把一个人错认为父亲
眉毛、脸廓、身形，而或眼神
让人怀疑：他躲藏在一个不为我所知的村庄里
独自翻晒着玉米，两只黑色的铁桶和一根柳木扁担
就置放在他的身后……
那里，是尘世，还有更多的星辰在流逝
在带来隐秘的悲伤

河石

本名马建民，山西省作家协会会员。诗作散见于《诗刊》《星星诗刊》《诗选刊》《星火》《浙江诗人》等刊物。

水

她听到的水，是一个人的水。
是母亲盘桓于梯田之间
与碎石路抗争后
热毛巾捂住的泪。
天从未晴朗过
正如她从未听到
像父亲一样
山的回音。

偶尔，她也听到水反对水的声音
担心一早醒来，锅碗瓢盆里早餐的香气
结冰一样凝固。
这样的忧伤千万不要来临。
她宁愿放弃流动的声音，放弃从这座山
跋涉到另一座山
也不愿意失去对水的依赖

她想，一滴成功的水
永远都不会远走高飞。

康泾

浙江桐乡人，现为浙江省桐乡市作家协会主席，浙江省作家协会会员，中国诗歌学会会员。在《诗刊》《诗选刊》等报刊发表诗歌。著有诗文集《稻草人》、诗集《50°》、长篇小说《青镇人家》。

冬夜

寒光沉沉地压在墙角的
石磨上。我从它破损的

轴心里盛开，雪光中的
滚滚尘世，在“证悟的

旅程中”，已将我带到
极昼的玉门。自由在我

身上，好像移动的星辰。
贯穿我的锁链与刀风中

乱飞的碎石群，将我们的
月空再次惊醒。我翻过身，

抱住爱人，院中的枣树，
松鼠，和屋脊正在结冰。

李浩

1984 年生，河南省息县人。诗人。曾获宇龙诗歌奖、北大未名诗歌奖、第 15 届华语文学传媒大奖“最具潜力新人奖”提名奖等奖项。出版有诗集《还乡》《风暴》，诗文集《你和我》等。

每个人心里都有一只魔鬼

龇牙咧嘴
眼放绿光
内心的魔鬼得寸进尺。
回避并非因为害怕
而是怜悯：你终于
沦落为兽——魔鬼的坐骑。

如果我拧开灵魂的瓶盖，
也可以放出一只魔鬼，
而诗篇引领我成为圣徒……
在星空下，通过凝视群山凝视自己；
在教堂里，通过凝视自己凝视群山。

魔鬼的利爪下，
血淋淋的命运喉咙已经失音。
内心熔炉里沸腾的钢水，
似天使的眼泪，
更像生命的供词。

不拧开瓶盖与其说是一种怯懦，
不如说是一种勇敢。目睹：
欲望之火和水上漂浮着
荣耀的灰烬、物质的腐尸和朽梦
一副枷锁及时锁住了我内心的魔鬼。

倮倮

七〇后诗人，生于湖南衡阳。中国作家协会会员、香山文学院副院长，作品散见《诗刊》《中国作家》等。

理想的爱

黑色的球果
悬挂在树枝上
忍受着季节的成熟之苦
它暗红的茎蔓像蛰伏的河流
完全理解时间的意义
当人们的嘴唇落在它的上面
当爱充满它
它会将所有的种子全部献出
只有大地知道
它的痛苦和快乐的
所在之地

梅依然

四川遂宁人，现居重庆。中国作家协会会员、重庆文学院签约作家。著有诗集《女人的声音》《蜜蜂的秘密生活》等。

近春分

春雪落在荒野
新葬的坟茔，盖着湿泥
一颗种子，急着发芽
一个人，急着“回家”
手持铁锹的人，望着天空
喃喃自语——
这次下的，该是雨啦！

时序是一头幼兽
磨牙，疯长
抬高目光，松开四蹄
追呵追

几里之外
成群的白鹭已经归来
——冰水掺半的河岸上
它们起起落落
晾晒翅膀
专注地
洗尘世的灰

宋晓杰

生于辽宁盘锦。文学创作一级。2012—2013 年度首都师范大学驻校诗人。已出版各类文集二十余部。曾获第二届冰心散文奖等。

给咖啡加盐

为按捺一粒火种
你用绿茶白茶博弈了一个夏
秋风吹来大片草籽
你突然百无聊赖

你说你开始爱上旧事物
木桌、银壶、老书信
颓于时光
你喜欢在一杯咖啡里打盹

呼啦啦雪压枝梢
你说确有一场遇见
但总有花果儿来不及忧伤
那么，给咖啡加点盐吧

仿佛伤口仿佛疼痛
飞鸟掠过，星星开始燎原

许燕影

福建晋江人。中国作家协会会员、海南省作家协会理事。作品发表于《诗刊》《人民日报》等。出版诗集《轻握的温柔》《我怎能说出我的热烈》及散文随笔集《燕影的天空》《踏花拾锦年》等。

风流的石头

你是会说话的石头
会哭，会闹，
也时常大碗喝酒
青山绿水是你的家
风雨是你的情人

你让沉睡千年的石头
说出醒世惊言
你让涓涓绿水
唱出唯美的旋律

你的诗句从天上落地
砸碎了我的骨头
血至今还在流淌
红了多少樱桃小口

菊味书屋
你是试金石
你无法称出的重量
让一代风流的石头
哑口无言

苦力

本名张政林，中国诗歌学会会员。《蜀本》杂志副主编兼编辑部主任、《百姓文学》杂志名誉主编。

眼睛

小鸟的眼睛
是天空的种子

猫的眼睛
是夜色黑暗的萤火虫

鱼的眼睛
是波浪的泉眼

人的眼睛
是爱的蓄水池

眼睛为光明而生
眼睛为爱而明亮

赖澍涵

2006 年生于广东省茂名市，获得首届长嘉全国少儿诗歌奖三等奖。

走进蜜蜂的课堂

奔跑着，双腿像猎枪一样
射到的，全都倒了

没有射到，因为激动
像蜂群般拥入

每一天都是星期天
只要我们高兴

不管你们是否愿意
每条街，都能拐进春天

每走一步，我们都抱在一起
用开花向你们示威

即使太阳的酒被你们没收
我们也要跨过黑夜去酿造光的意义

海，向着星光聚拢
更多的，越来越多的

迎着初天的铃声
走进蜜蜂的教室

在学习爱的时刻
便是自由的地方

西棣

诗人、高校教师。大诗主义诗人。著有诗集《与落日一起退场》《从你的舌尖醒来》。

在夜里寻找一幅唐人秘闻

清风掺杂蚊子，这是古老的矛盾
还有啤酒和檀香，手机与毛笔
这如何叫生活不要巧妙起来
你看，你也看不见黑暗之外的东西

在黑暗之外还有声音，男人和女人
也只有男人和女人了，一阴一阳
这辩证而和谐的二十四个小时
偷走钟表后多余的二十四小时

我们继续往前走着，山水清音
高楼大厦和灯红酒绿纸醉金迷
这样好的词语出现在绢本上
而沉睡的白棉纸和刻书人不见了

这有什么办法呢？檀香熏着蚊子
纸本一天一天老化，签名渐渐模糊

庄苓

1991 生于甘肃天水。大诗主义诗人。甘肃作家书画院副院长。出版诗画集《渭南记事》《兰州笔记》《陇坂采薇》等。

第XII辑

双鱼星·大渊献

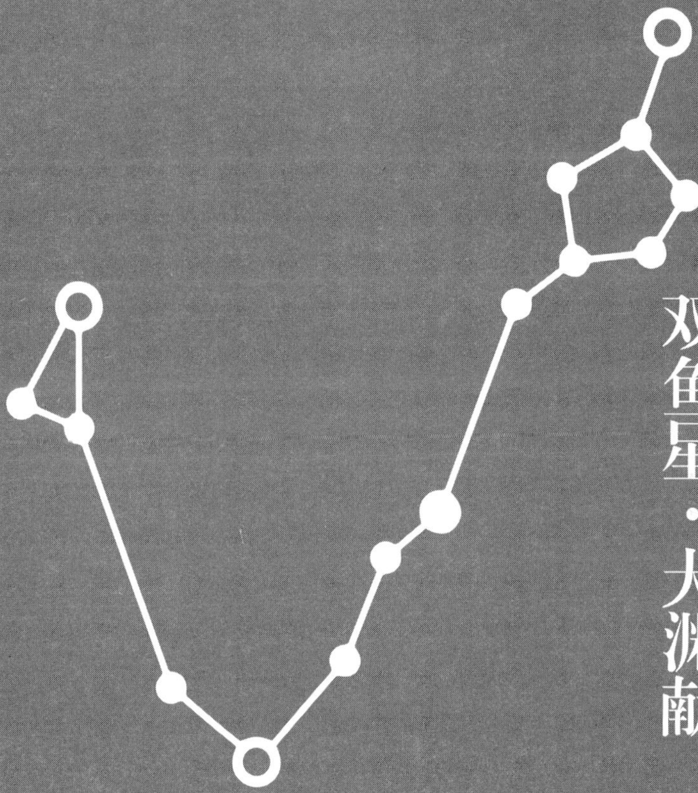

2—3
月

在天河

商业洪流滔滔滚滚
与珠江并行的几条大道
永远是汹涌的河床
自行车泛着微弱的涟漪
轿车掀动一阵阵波浪
大巴涌起洪峰
车水人流奔腾不息
交警是白色的水鸟
匆匆行人是一滴滴水汇入
太古汇正佳广场……
形成一个又一个湖泊
波澜不惊

拉大提琴的海心沙
珠江是琴弓直贯广州大桥
和猎德大桥，二沙岛是
天然琴身，花城广场上奔跑的孩子们
是跳动着的美妙音符

地铁是一条条暗河
泉源不断咕咕冒出地面
搅动了一池春水

杨克

中国作家协会主席团委员、中国作家协会诗歌委员会副主任、中国诗歌学会副会长、北京大学诗歌研究院研究员。《作品》杂志社社长，广东外语外贸大学创意写作中心主任。出版《杨克的诗》《有关与无关》《我说出了风的形状》等十一部中文诗集、四部散文随笔集和一本文集。

雪的怀念

雪，已成为都市人群的乡愁
雪，俨然已被这个时代放逐
人们已习惯堵车和流行病
雪隐匿不见，污染恶化加剧

雪，曾是纯洁空气的象征
雪，是四季正常轮回的前提
超市里商品琳琅满目，应有尽有
但人们制造不出雪，也买不到雪

雪国，对于我来说就是故国
灯笼、炉火和鞭炮构成的故乡
我竖起衣领，踩着吱咯作响的雪泥
一直走到冰凌闪烁的你家的窗下

小提琴响起，天空飘来一点碎雪
再接着，溅起一大堆雪
再接着，是一场鹅毛大雪
最后，漫天飞雪，以及我浑身战栗的激动！

李少君

1967年生，湖南湘乡人。曾任《天涯》杂志主编，海南省文联副主席，现为《诗刊》主编。主要著作有《自然集》《草根集》《海天集》《神降临的小站》等，被誉为“自然诗人”。

先把死亡喝醉

告诉所有飞翔的植物
敲开，粒粒羞涩的青稞
花朵与我有了酩酊的冲动
酒杯摔倒
一阵疾风，大醉不归

青稞酒飞起来
寒冷开始后退
心像炒热的怀柔板栗
剥离嘴巴，吞吐真金白银

我已认不清这个表面光鲜
打过蜡，添加苏丹红的泛毒时代
只醉给高原的天空
醉给一片远离枝头的云朵
邀请无穷星子落座

从灵魂的缺口一路小跑
哼唱镀满月光的花儿，先把死亡喝醉
坐在词语的台阶上
我要册封：青稞为王蝴蝶为后

潇潇

诗人、画家，中国诗歌在线总编。主编中国现代诗编年史丛书《前朦胧诗全集》《朦胧诗全集》《后朦胧诗全集》，出版《树下的女人与诗歌》《踮起脚尖的时间》《比忧伤更忧伤》《潇潇的诗》《XiaoXiao Poemas》《Sad Songs from Another World》等。

子夜，风从海上来

从海的鼻孔里
从海的腋窝里
从海的虎头虎脑里
风来了，以鲸鱼和鲨鱼的大踏步来了
像一支长途奔袭的尖兵
一下子就支走了
正与新月调情的老潮
抢占了那曾被拖鞋压制的滩头

与路灯展开巷战，都是它的手下败将
没有任何一栋摩天大楼是它的对手
没有一副深夜加班的翅膀能将它抵挡

我这客居的房子本不是它进攻的目标
突然间一声初生儿的啼哭引起了它的注意
它在草丛里停下蟹螯的脚步
用含在嘴里的鳞片割掉了狗吠
用没有手指的手掐断了小区的监控系统
用腥臭的气息吹灭了垃圾车的马达
然后，用它潮湿的头发
穿过纱窗的网眼撩动我的帘子
把它蚌壳的影子扔到我床前
激起我的秋虫惊叫如惊涛

北塔

本名徐伟锋，诗人、学者、翻译家，生于苏州市，中国作家协会现代文学馆、中国社会科学院研究员，世界诗人大会常务副秘书长，中国外国文学研究会莎士比亚研究分会秘书长。已出版诗集《滚石有苔》《巨蟒紧抱街衢——北京诗选》、学术专著《照亮自身的深渊——北塔诗学文选》和译著《八堂课》等约三十种，素有“石头诗人”之称。

草原风铃

草原风铃
雨点般击打
大地的心脏

格拉夫葡萄园
神迹降临
让 1989 年花枝招展

玻璃瓶弄空自己
节拍摇曳
暗中摸索
红帆船未来的密码

一些千百年前的萤火虫
自带特权
温软撑开蓝色的翅

风铃声已经抵达
葡萄精灵已经抵达

远岸

中国作家协会会员、中国诗歌学会理事、《国际汉语诗歌》执行主编，出版诗集《无岸的远航》《带上我的诗歌去远行》，在《人民文学》《诗刊》等发表作品。

光福赏梅

瑞雪未霁，梅蕊就迫不及待粉墨登场
无数枝梅，争先恐后挥动水袖里的香
将漫天舞蹈的冷，一步步逼入绝境
所有的香，敛迹于海的深邃
便有了香雪海一世的风光

啊！香雪如海，海阔天空
空即是色，而色绝不能空
在香雪海赏梅，所有的涛声都注定
要被尘世的芬芳勾引，逐一打压
最后拜倒于梅的裙下

太湖是缩小版的海，所有的梅
捧起香雪海，信手一挥
就是千年不灭的瑞气天光

毫无疑问，光福是一个自成体系的香艳之海
光福的光芒如此盛大，那照耀在大地上的暖阳
如旷世之弓，拉开一个半岛弧形的圆满
它随便搭上哪一枝春讯
都是射向彼岸的一箭吉祥

张况

诗人、文学评论家，中国作家协会会员、佛山市作家协会主席，著有大型历史文化长诗《大秦帝国史诗》《大汉帝国史诗》《三国史诗》等三十一部，主编诗文选三十部，与陆健、程维、雁西被誉为“中国诗坛四公子”。

新年献诗

危岩若乱世。必将崩溃
临渊而立与躬身劳作一样
需要恪守内心的经纬
只有时间指认善恶，只有活水
澄清泥沙；只有翻书的手指
能使喧哗的世界变得安静……

周所同

五〇后诗人，祖籍山西原平。中国作家协会会员，《诗刊》编审。

暮晚辞

万家灯火将要亮起　宛溪河边的我
多么孤单　会思考的芦苇始终站成一排

一棵扬花的树在风中自问自答
一只入巢的鸟将天空当作故居
然后拆迁

万物已经归顺　人间的地盘已经不够用
星宿的客栈收留下少量押韵的翅膀
海面上　已无狼的传说

落日是一只巨大的提篮　此刻
却不需要我来拎着

方文竹

安徽怀宁人。出版诗集《九十年代实验室》、散文集《我需要痛》、长篇小说《黑影》、学术论集《自由游戏的时代》等各类著作二十一部。

那时候

那时候
火柴一根接一根地往前划着
站在比火柴还要亮　还要高的地方
那时候　我们可以跟着一支蜡笔的颜色
一直地走下去　那时候
我们不停地摆着积木
在一处放着书的地方
窗子上　玻璃前面还是玻璃
那时候我们的身体是前倾着的

赵少琳

1960 年生于山西太原，1983 年开始发表诗歌作品，发表诗作一千余首（篇）。著有诗集《在力的前沿》《弧线》和散文随笔集《蜂鸟的段落》等。

昆仑峡口

要倾慕就倾慕更高处的雪。
坐在云层，品尝更古老的寒冷。
煎熬着的灵魂，发出金属鸣响的颤音。
你知道自我是拳头大的温热。

一滴眼泪包裹着你，大风在透明地摇晃。
而你在后视镜中攥紧这颗泪水，跌跌撞撞扑向鹰翼。
终于到了没什么可以喝令你的时刻，
你可以正视人间恋爱，在这尖锐的辽阔。

郭建强

1971年生于青海西宁。现为中国作家协会会员、青海省作家协会副主席、西宁市作家协会主席、《青海法制报》总编辑。著有诗集《穿过》《植物园之诗》《昆仑书》，散文随笔集《大道与别径》等。

乡村博物馆

没有谁在赞美你　而被人们赞美的是些什么
一棵年老的朽木　还是那些有毒或无毒的植物
不知为什么　我从不听从美的召唤
什么方是真实的　永恒的　什么比月光更汹涌
什么方是撕破黑暗的黎明　谁能告诉我
怎样方能让自己不再麻木　难道我就情愿放纵
情愿倍受盲目的煎熬吗　是的　我内心的火种
被谁取走　谁的痛哭正被春天埋葬

我在这里低着头　天空也在这里低着头　犁头
风车和磨面的石磨没有告诉我谁带走了时光
那些被铁匠在炉火里炼打弯刀和斧头为什么沉默
许许多多的问号都在这里成了深渊　我麻木的手
握着别人的手时　左顾右盼的老妇人是知道
现实里的无数双眼睛早已看不到真实的眼睛
我要质问　谁在压迫我的灵魂歌唱
一盏油灯　一对马掌和一台老式放映机
无语地望着我　精神的镣铐锁着我的晚年
历史在修辞中已经成为历史　只有你还有真实的一面

雨田

1956 年生于四川绵阳。当代诗人。现为沙汀文学艺术院常务副院长、西南科技大学客座副教授、四川省绵阳市作家协会副主席。出版诗集《秋天里的独白》《纪念：乌鸦与雪》等。

晨光里的树

晨光里的树，是一棵
幸福之树

每一处枝丫的矜动都是
盛装的舞蹈
每一双张开的手臂都挂着
煦阳的热度

林木间斜露出的星点光影，敲打溪岚
及落寞秋风
红叶浸染着流云，在天空堆积
丰收的果

晨光里的一刻，多么幸福
这短暂的一瞬，林荫下沉睡的火绒草
于温煦的光线中
睁开了眼睛

那些洁白、纤柔的花朵啊
就这样点亮我们的心底
并轻巧地噤住
世间一切怨艾的声音

李玥

美籍华人，学者。中国诗歌学会、北美华人诗学会会员，《当代汉诗》编委。诗作上百首散见于《星星》《北斗》等。

煤

你黑如黑夜般黑暗
你榨干了多少血和汗

你燃烧时多么恣意慵懒
你燃烧后却又灰头土脸

你生出百千的光和热
你知不知道　你也终会把你自己给用完

你不是人类的新欢
你只是火的三餐

你也是地藏菩萨坐下的蒲团
人间的悲喜　怕是多与你无关

李义利

1990 年生，山西昔阳人。山西省作家协会会员。诗歌、小说等作品散见《黄河》《山西文学》《青年作家》等。

活在榆社，就是活在一条河的波澜里

不允许一块石头怀有棱角，用千年万年的水流磨合并取名卵石。

感念一粒沙，正如父母，洗了又洗，还是父母。

岁月迟暮，落叶和秋风对峙。而我怅然，掬一捧浊漳的水，辨别刚刚逝去的亲人。

沿途的村庄开满萤火，或明或灭，由北向南，追逐一条河的起落。

从一枚早开的山桃花的眼泪起源，收留寒冬的雪水，六月的滂沱；收留一棵杂草的悲喜；收留一只鸟的歌唱和羽毛。

做株赖水而生的蒲草，是我幸福的选择，根系穿过泥沼
把枯荣交给河流。

是你给我一路的曲折，也给我一生的清澈。
给我义无反顾的出走和离弦箭镞般的归途。

刘俊

1969 年生，山西榆社人，晋中市作家协会会员，热爱文学，工作之余写诗。

疼

一头小牛死了
牧牛人用牛皮
做了一把
牧牛鞭

牛的母亲
每次都尽力
躲闪着
牛鞭的驱赶
不是怕自己
挨打
是怕鞭子疼

陋岩

1969 年生于山西阳泉，山西省作家协会全委会委员，阳泉市作家协会副主席，阳泉市矿区文联副主席、作家协会主席，著有诗集《陋岩诗歌精选》《垂直向下八百米》。

困顿于土地的女人

母亲站在田梗上，锄头在她的手里
挥起，又落下。已是深秋
田野空旷而荒凉
只有微风吹动着她的白发
只有枯黄的茅花
怀抱着无数光线
她一次又一次，重复着
这古老的动作
在劳作的间歇，她偶尔抬起头
看见蓝水晶做成的天空
有一只鹰，正盘旋上升
她仰望着它——继续高飞
直到看不见一点踪影
这个养育了五儿一女
一辈子没走出过家乡
一辈子困顿于土地的女人
在尘土飞扬的生活中，也曾因为一只鹰
久久地，仰望过浩渺的天空

牛梦牛

本名牛梦龙，1977 年生于山西高平。在《诗刊》《星星》《中国诗歌》《诗选刊》《诗潮》《绿风》，并入选多种选本。

总有一日

我不再病着
力气和信心足够再去一次花坡
山枣子举着喜悦和甜蜜
如果不出意外
整个上午这喜悦和甜蜜都是我们的
多好，蜜蜂停在蓝盆花上
拳参摇曳一只只大虾
在这里，自由是最大的自由
我有飞燕草的轻与幽蓝
你有石头的厚实与包容
花坡倾斜，像一匹抖动的布
巨人隐在山顶，我们需倍加小心
总有一日
我们会被他抖到包袱之外

养心兰

本名张翠平，山西霍州人，有作品发表《诗刊》《诗潮》《星星》《绿风》《黄河》《都市》等。偶有获奖。

尘世之美

从一山桃花到一树桃花
从一树桃花到一枝桃花
我站在门前喊一声
一朵桃花便跳出枝头
花落　花开
我喜欢的。都顺应了自然

郁东

祖籍云南省大理祥云。中国少数民族作家学会会员。先后有作品发表于《诗刊》《人民文学》等，著有作品集《无业骑手》《追赶春天的花朵》等。

山居一日

到了傍晚，整座山的清凉全从木格子窗
涌了进来。在眼所看见和变化之间
秋天正遗弃一个喧腾的话题

寓意是山，最后存在镜子中模糊的曲线
时间松开了我

顺着风奔走的方向，我们看到
拱形桥金色的背脊，闪闪发亮

有人从桥上走过，如此漫不经心
流水快速捕捉到这个瞬间

弧形的天空从远方寄来明信片
这一刻，我在灯下看书

“一切都无目的除了那永恒的

美之外——”

辛夷

1988年生，广东揭阳人。现为《粤东诗歌光年》编审、《越人诗》编辑。著有诗集《身体是礁石》，作品见《诗刊》《草堂》等。

万籁俱寂

我愿意在路上看到和听到的
都是岑寂
野花寂静吐露芬芳
弥散白夜
断翅的鸟儿，裹伤搏击一抹蔚蓝

一夜大雪掩埋故乡
我的故乡从不啜泣
只在乱冢里默祷

喜欢的事物越来越少
除了空山，我哪也不去
空山多么空啊，我可以
植入许多青葱的内容
我的内容也是那么寂静

雪铓

陕西商洛人。陕西省作家协会会员。诗歌、评论散见《诗刊》《中国诗歌》等。出版诗集《镜中人》。

叛逆者

月亮丢失。星星酣睡
风支起空旷的帐篷
一个醉酒的男人，独自前行

梦还在继续。狗依然狂吠
呓语中的女人肢体僵硬
酒馆里，灯火通明

树梢上，鱼儿飞来飞去
鸟的翅膀穿上木屐
山体在云的怀抱里打颤
河流越过桥面，静静落泪

窗玻璃破碎。一张脸
探出来，嘴唇咬住时间
祈祷的声音很忙乱
自由，是一条青色的蛇
盘旋在灰白的墙上

赵建雄

1968 年生，山西汾阳人。中国作家协会会员。出版诗集《零度左右》《时间之上》，散文集《汾州有酒杏花香》。

春天的词语

欲言又止的春风
把一个无法预料的春天
突然推进我的怀抱
在猝不及防的慌乱中
暖暖的阳光洒了一地
而那些飞舞的词语
瞬间找准了三月的方向
它们振动小小的翅膀
飞向繁花似锦的河岸
万物开始欢乐的歌唱
而你就像怒放的花朵
在风中飘散着幸福的气息
有人叫出了你的名字
虽然你没有听出是谁的声音
但你知道总有人会想起你
就像在广阔的春天
总有人相信会有奇迹出现

周存云

1967 年生于青海省海东市乐都区，在《青海湖》《飞天》等发表诗歌，已出版诗集《风向》。

重返旧金山

夏季的城市依旧繁忙
那座金山早已被贪婪者淘空
雾锁金门大桥的时候
我又一次从天而降

峡湾里的渔火
暗了又明，明了又暗
太平洋深处是个无底的洞
容得下思念也装得了苦难
独自在岸边，凝望船儿往返
错乱了时光

月亮出海的时候
故乡已是朝霞满天

曾春根

福建明溪人，旅欧旅澳华人。中国诗歌学会会员、福建省作家协会会员。现任明溪县作家协会主席。出版诗集《春的诗画》、游记《风雪南极情》、散文集《故园·他乡·远方》。

想起

想起自己是自己的另一半时
铁观音正在杯底参禅
故乡别在肋骨上，我却终生相望
爱人就在血液里，孤独却给我画了一张
被爱通缉的逃像
这些年来，自身背负着山色
而风景总与我无关
我以为悟道，却从一条穷途
走到了另一个极端

想起自己就是自己的对立面时
蝴蝶刚好约束了春天的态度
这不是一个人的事情，甚至一株草
一滴露珠，都比我活得铭心刻骨
我羞愧，低下头，镂空的齐眉的荒芜
是内心浩大的祭坛上，我唯一
认真了一次的作品

慢慢想起一些人和事
想起自己只是某一章节的一个标点
忽然觉得，可以释怀的东西很多
比如，把想起的事情都忘掉
比如，把地上的影子扶起来

王文海

1972 年生，山西朔州人，中国作家协会会员、山西省作家协会主席团委员，兼任朔州市作家协会主席。曾参加第二十四届青春诗会。出版有诗文集六部。

冬天晾衣

那年冬天，挂满屋檐的冰凌不动声色
雪霁，太阳并未露脸
母亲就催我把衣裳晾到后院
傍晚，衣裳冻成了铁丝上的冰雕
我试图取下，咔嚓折成两半
像两柄削薄而锋利的刀片
把一张不知所措的脸夹在对决之间
母亲用滚水把衣裳从刀锋下解救出来
而我的身体无法属于任何一半
夜色下，针线挑灯穿行缝合分离

母亲极尽完美的针脚，暗藏细密的痛点
令童年背负了很长一道伤痕

宇秀

祖籍苏州，现居温哥华。著有散文集《一个上海女人的下午茶》《一个上海女人的温哥华》和诗集《我不能握住风》《忙红忙绿》。

有度文化

Books
北岳好书

汉诗三百首 2019 卷

出 品 人 | 赵 瑞　选题策划 | 刘文飞　责任编辑 | 刘文飞
复　　审 | 陈学清　终　　审 | 贾晋仁　书籍设计 | 张永文
印装监制 | 郭 勇　项目运营 | 有度文化·刘文飞工作室
投稿邮箱 | liuwenfei0223@163.com
微　　博 | http://weibo.com/liuwenfei0223　微信公众号 | txsk2013_